柳煙穗 著

記得歲月

向曾經為這個事故付出過心力的每一個人，
獻上最深的敬意，謝謝有你／妳。

感動推薦

霧黑的書頁佐以純白的章節，揭開瘡口後施以深層的療癒。

——曾依達（人家小說家、《妳留下的十一個約定》作者）

作者柳煙穗細膩而溫柔的文筆，包覆著這起令人哀傷的悲劇。以獨特奇想，彌補了那些年輕靈魂消逝的悲傷，轉化成一股帶著深厚暖意的力量。

看得出作者非常用心研究了整起事故的來龍去脈，看完可以深刻瞭解世越號事件，同時體會到不僅韓國人，台灣人、不分國籍所有人都該好好瞭解這起事故，因為同樣的事也可能會發生在你我身上。故事除了描述現實中搜救過程的哀愁與悲憤，也穿插了主角金起煥在事故發生後如夢似幻的經歷，令人不禁滿懷希望，期待到了故事的最後是否會有奇蹟出現？這樣的筆法舒緩了沉重的情緒，起了很大的調節作用。

故事顧及了活著的人、死去的人，還有失蹤的人。不同狀態下，每個家庭的反應，看了令人動容而心碎，讀完後更是鼻酸。作者以一種帶有非現實的筆法，完補了金起煥的母親朴佑熙的悲傷，字裡行間帶著暖意，最後的結局給人一種雖然帶著淚但還是微笑著，這樣溫柔的感覺。到了故事的最後，除了淚水還有勇敢面對人生的勇氣。雖然難過，但是為了愛，我們都要好好為了彼此而活著。是一部令人印象深刻的作品。

——朱夏（人氣小說家、《搖滾戀習曲》作者）

自序

大船從海面下探出頭的那一天，媽媽在家準備好了熱騰騰的晚餐，等待著孩子們的歸來。

如同一個普通人一樣，在事故發生的最初，我視它為一起新聞，雖然遺憾，但算不上是特別關注。直到某天的興起，由一部紀錄片作為開端，我才有了想替孩子們寫下一個故事的想法。

看過一部又一部讓人淚流不止的記錄片，一顆心也在不知不覺間成了一個無底的大洞，除了裝載了父母與孩子的眼淚和痛苦，也裝載了難以承受的撼動。大船浮出水面，黑夜終將迎來光明，但，於某些人而言，他們的人生和希望，早就像船上積滿的淤泥一樣，被深深埋葬在永不見天日的大海裡了。

只是，當層層堆疊而起的真相與過程太過殘忍，挾帶而來的傷害太過強烈的時候，身在遠方的孩子們也會對自己掛念的人感到不捨和擔憂，他們還是會希望自己掛念的人能夠得到幸福。

所以我替孩子們寫下了這個故事，一個不盡完美，卻希望所有人都能得到安慰與力量的故事。期盼著這起事故中的所有人，無論是生者或者是逝者，都能在不同的地方過得安好，也期望有一天，這個故事真的能夠替孩子們傳達給他們所牽掛的人。

不用擔心，請您一定要安好，一定要為了我用力去笑，也請您相信，我們依然還活在同一片天空下，看著相同的曙光。

二〇一七年四月　柳煙穗

目次

第一章

傾斜的船

二〇一四年四月十五日，那是美好的春季中，一個微涼的夜晚。

籠罩在一片白霧中的蒲福港，排著一列又一列的隊伍，那是坂戸高等學校二年級的學生。他們正準備搭上眼前這艘華麗的大船——祈敦號，前往磙山島展開能夠為高中生涯留下珍貴回憶的校外旅行。

原本預定在晚間六點三十分出發的祈敦號，因為濃霧的關係延遲出航，改為晚間八點準時出發，但這完全不影響孩子們對校外旅行的興奮與期待。他們在排隊的時候，一邊說笑一邊打鬧，上了船之後更是毫無節制地在船艙裡、甲板上到處喧嘩、奔跑，這趟旅行都還沒有真正啟程，所有人就已經玩瘋了。

「喂喂喂，不要太靠近欄杆，很危險！」領隊的姜老師雙手插腰，向著在甲板上嬉鬧的孩子們說。

「唉唷老師，不用緊張啦！我們不會掉下去的啦！就算真的掉下去了，你也會丟救生圈給我們啊！」一個男學生開著玩笑，淘氣地說。

姜老師都還沒來得及好好訓話，天邊就傳來了震天的船鳴聲。

嗚——

同一時間，像是在為孩子們的花樣年華添上色彩一般，在黑得無邊無際的天空中，一束又一束繽紛亮麗的火花，為了歡送祈敦號，歡送幸福洋溢的孩子們，正盡情地綻放著。

「哇！你們看你們看！船要開了船要開了！還有煙火啊煙火！哇——」男學生又是低

頭看著港邊，又是抬頭看著煙花，一雙眼睛就和他不停吆喝的嘴巴一樣忙碌。

原本只在甲板上閒晃的學生們也紛紛靠向欄杆，隨著男學生又驚又喜地感受著祈敦號的駛動，在一隻隻指向天際的手指中，那一張張嘴巴也激動地說得沒完沒了。

姜老師雖然一臉無奈，但看著學生好奇欣喜的樣子，嘴邊也忍不住揚起了開心的微笑。既然不忍心阻止，那就只好在一旁守著，陪他們在甲板上吹風、看煙火了。

不只是甲板，就連船艙裡也一樣熱鬧。

這裡、那裡，到處都能聽見孩子們愉快的笑聲，到處都能感受到孩子們青春、單純的美好氣息。他們有些人趴在窗邊看著客輪離港，有些人在娛樂室打成了一片，還有些人只是舒舒服服地窩在客房裡聊天，什麼也不做，因為光是能和朋友們在一起，就夠他們開心的了。

就這樣，祈敦號載著坂戶高等學校的三百二十五名學生、十五名教師，三十名船員以及為了公事、旅遊或者通勤等等因素的八十九名其他乘客，駛離了蒲福港，向著目的地——碌山島出發了。

翌日，四月十六日，早上七點三十分。熱鬧的嬉笑聲又再一次填滿了祈敦號的每個角落，好像和朋友待在一起的時間，永遠都充滿活力，永遠都不會累一樣，根本無法在這些瘋狂玩了一夜的孩子們身上找到一點疲倦感。

金起煥在走廊上一路向著他的房間狂奔，太過亢奮的心情讓他差點跑過了頭，還是及時伸手抓住房間的門框才得以轉彎。只是進了房間之後，他也沒有停下來，反而是立刻朝著他最親、最要好，到現在還在賴床的朋友——張炳修的身上撲去。

「炳修啊，你要睡到什麼時候啊？快點起來跟我一起出去玩，你不知道大家都在等你嗎？少了你都不好玩了啊！」金起煥壓在張炳修的身上，不停地蠕動，非得要把他吵醒不可。

張炳修瞇了瞇眼，一邊哀嚎，一邊用沒什麼力氣的手推著金起煥，「平常在學校，這時間我都還在睡呢！你還是等上課的時候再叫我吧！而且我昨天好像吃太多了，整個晚上肚子都不太舒服，現在身體也覺得很重。」

「真的？」金起煥馬上爬起來，擔心地摸摸張炳修的額頭、掐掐張炳修的手臂和肚子，「你要不要緊啊？我現在就去找老師，你在這裡等著喔！啊！不然船上應該也有醫護人員吧？我叫他們過來看看你！」

張炳修一手抓住了金起煥，一手揮著拒絕：「唉！不用了啦！我看不是吃太多消化不良，就是沒睡飽，你讓我再睡一下，等一下睡醒應該就好了啦！你喔，就先去幫我看看船上有什麼是我們昨天沒有玩到的，等我睡飽了，我們再一起玩到碌山島，玩到下船為止！」

面對朋友的請求，金起煥自信滿滿地拍拍胸脯，一口答應：「這有什麼問題，包在我身上！你就在這裡好好休息，記得要睡飽一點喔！要是等一下敢喊累的話就試試看，我可是絕對不會放過你的喔！」

張炳修被金起煥逗得哈哈大笑，「哈哈……知道啦！快去！」

在離開客房之後，金起煥偕著一群朋友哄哄鬧鬧地上了甲板。映入眼中的是一片一望無際、和天空連接在一起的海洋，和昨天晚上看到的畫面完全不同，他不禁對自己正處在海中央的這件事感到驚奇又有趣，於是就在幾聲嚷嚷之下，和朋友們互相搭著肩膀，倚在欄杆邊，一人一支手機喀擦喀擦地自拍了起來。

姜老師這個時間剛好上來甲板巡視，看到又有一票調皮搗蛋、講不聽的學生愛往欄杆邊靠，一張嘴馬上就唸個不停：「喂喂喂！不要靠在欄杆邊，很危險！每上來甲板一次我就要唸一次，看來我都要住在甲板上了！」

「老師，不用這麼誇張啦！你大概再唸個三個小時就好了，三個小時之後我們就到碌山港了啊！」一個男學生這麼說著，惹得現場哄堂大笑。

看著姜老師又好氣又好笑的樣子，金起煥也跟著放聲大笑，但是男學生剛剛的一席話，讓他嚇地想起預計抵達碌山港的時間，的確是在三個小時後啊！三個小時之後他們就會抵達碌山港，然後就要下船了。

金起煥看著手錶上顯示為七點五十四分的時間，有點煩躁地嘆了口氣，懊悔著剛剛真不應該答應讓張炳修繼續睡的，因為按照張炳修那種小豬性子，這一睡肯定會睡到碌山港，這樣不就沒有辦法和張炳修一起玩遍船上的設施了嗎？

不過金起煥又想起張炳修那副病懨懨的樣子，要是現在去把他叫醒，沒讓他養足精神的話，到了碌山港說不定會更嚴重。那種模樣光是看著，就不知道要讓多少人替他擔心了。

為了能讓朋友在碌山港提起勁好好地玩，金起煥打消了去吵醒張炳修的念頭。至於張炳修無緣看到的這片海上美景，就由他來全權拍攝，勢必要無死角、無遺漏地完全掌握，這樣才可以讓張炳修好好欣賞。

七點五十五分，不知道從哪裡傳來了一聲轟天巨響，明顯感受到了船體強烈地搖晃，並且急停，這讓待在甲板上的姜老師和金起煥等學生們紛紛踉蹌腳步，摔得東倒西歪。搞不清楚是什麼狀況的一群人，只能你看我、我看你，由著眼球小心翼翼地飄移著，誰也不敢動，一個一個全都愣住了。

但就在接下來的短短幾秒內，他們必須要接受的是，船體傾斜的事實。

姜老師怕學生們在甲板上會有落海的危險，便一個一個拉著他們，要他們趕快進到船艙內。學生們全都嚇壞了，只好連滾帶爬地躲進了船艙裡，隨著傾斜的角度倚靠在牆邊或者是用力抓住樓梯的欄杆，盡可能地讓身體找到平衡，同時也穿上了放置在船艙裡的救生衣。

此時船艙裡響起了船長的廣播：「請各位乘客現在留在原地，不要隨意走動，並做好因應危機事故的安全防護措施！再重複一次，請各位乘客現在留在原地，不要隨意走動，並做好因應危機事故的安全防護措施！」

待在船艙內的孩子們全都因為傾斜的船體，不得不滑向左邊，有的人躺在床上用腳抵著牆板，有的人則是乾脆坐在房間外頭的走廊上，想用視線能及的最大範圍看看現在到底是怎麼回事，還有其它房間的朋友們都是什麼情況。

面對突來的傾斜和廣播，束手無策的孩子們也都只能聽信船長的話，安靜地待在原地、不敢亂動，因為就怕太過劇烈的行為，會加速船體的傾斜。不過隨著時間一分一秒地流逝，傾斜的程度並沒有得到改善，反而還有加劇的傾向。

「哇——越來越斜了啦！」

「呀！請救救我！」

「我說這真的不是開玩笑的，快點拿救生衣啦！快點啦！」

「唉！拿什麼救生衣啊，現在是什麼情況都還不知道不是嗎？」

「哇——傾斜的程度真的無法想像！」

「現在到底是怎樣啊！要我們連救生衣都穿上，船該不會要沉了吧？」

一個男學生拿著手機，把大家七嘴八舌討論的畫面全都拍了下來，原本還能有餘地和朋友們談論著祈禱號的情況，但在船艙內漸漸填滿了驚慌失措、焦躁不安的言語之後，他頓時哽咽，夾帶著各種呻吟，既無助又無奈地喃喃著：「啊！我好害怕喔！啊……我、我想要活著……真的是！唉……」

＊＊＊

上午八點五十八分。

在傾斜發生大概過了一個小時之後，祈敦號終於向海洋警察廳發出了求救訊號，收到通報的海洋警察廳所屬的船艦和直升機，約在上午九點三十分左右接連抵達事故海域。船艦靠近祈敦號的船首，將甲板上的乘客接應上船；直升機則是用垂吊的方式，救出了在船艙外圍、走道上能見的乘客。

此時船體已經傾斜將近九十度，但是海洋警察的救援隊，並沒有進入船艙，他們先是救助了一些自己逃出來的乘客，接著在船體附近盤旋、打轉了一會兒之後，就全員回到指揮區待命了。

大批媒體在指揮區等候多時，一見到救援隊回來，立刻擠上前詢問與採訪，但海警航空搜救隊卻表示，他們並不知道船內客艙裡的情況，就連在出動的時候，也只知道了客輪正在沉沒的訊息，關於船上有幾個人、目前有什麼狀況，全都一無所知。

一個記者提出：「是不是要再問問看是什麼情況，船上沒有其他人了嗎？救援不應該只是救那些已經逃出來的人吧？是不是應該問點什麼？」

沒想到搜救隊員卻搖搖手，這樣回答：「在船附近喊話也沒有人會聽見，連在垂吊的過程中，告訴那些乘客要小心一點也是，他們根本就聽不清楚！」

記者又問：「這我知道，可是那些人知道裡面的狀況，站在搜救的立場，是不是有義務要確認一下？」

搜救隊員聽了之後，只是閃爍其詞地說：「啊！我好像有問過他們，但他們也沒說什麼。」

上午九點五十一分，船體幾乎淹沒。不停灌進來的海水，把船上的貨物沖得四處飄散，連原本待在甲板邊的姜老師和學生們，也不得不被沖散，只能勉強抓住船體邊緣，漂流在海面上，但這時候對他們伸出援手、展開救援的人卻不是海洋警察，而是正在海上進行捕魚作業的漁船，以及航行中的商船。

可是不知道為什麼，停駐在海面上的海警艦艇卻不停地傳來廣播，似乎是在阻止漁船接近祈敦號：「管控那些漁船，讓漁船通通退下，不要靠近！」

在一片混亂之中，姜老師害怕身旁的學生們會落海，除了使勁地將他們一個一個拉近，還要他們彼此勾住手臂，以防被沖走。為了給學生們信心、打氣，他一刻也不停地拼命喊話：「不用擔心！有船來了，你們很快就會沒事的！都會沒事的！」

像是無法理解眼前是什麼情況，也無法置信這種情況怎麼會發生一樣，一個男學生一邊發抖一邊問著：「老、老師，船、船都沉了，我、我們真的……真的會沒事嗎？」

「沒事沒事！都會沒事的！只要你們趕快搭上別的船就沒事了，這些漁船的叔叔們都會幫你們的！」姜老師為了讓孩子們放心，為了安撫孩子們，還對他們開起了玩笑：「你們平常都不聽老師的話，難得這次這麼聽話，老師好高興啊！所以拜託你們一定都要安全地上船啊！」

「可、可是老師你呢？你、你連救生衣都沒有穿欸！」另一個男學生也是一臉驚恐，無法相信自己正在生死邊緣徘徊，不禁用顫抖得嚴重的聲音擔心起姜老師。

姜老師看了看自己比別人還要空蕩的上身，才想起剛剛在船艙內一心只急著要孩子們趕快穿上救生衣，連救生衣都不夠了，也忘了再去別的艙室拿一件給自己穿。不過對他來說那都不要緊，因為眼下最重要的就是孩子們的安全，「不用擔心，老師等一下還要回去船裡，到時候再找一件來穿就好了。」

一個男學生錯愕地看著姜老師，忍不住驚呼：「老……老師你還要進去船裡喔？這、這要怎麼進去啊？」

姜老師指著祈敦號還露在水面上的部分船體說：「那裡不是還有空間嗎？老師待會從那裡爬進去就可以了！」接著姜老師的臉色一凝，滿是憂心，「你們還有很多朋友在裡面對吧？老師也還有很多學生在裡面，我不能就這樣放著他們不管！所以你們一定要先上船，只有確定你們都平安了，老師才可以放心地回去找他們，知道嗎？」

本來也陷在驚愕中的金起煥忽地回過神來，他掙脫了和朋友間緊緊相扣的手，把匆匆忙忙從身上脫下來的救生衣，塞進了姜老師的懷裡，「老師！炳修還在裡面，他的身體不舒服，精神也很不好，一個人可能沒有辦法逃出來，我要進去找他！房間裡應該也還有其它的救生衣，所以這件先給你，你先走吧！」

也不等姜老師的反應，金起煥就抓著船上的欄杆，向著還裸露在海面上的船體空間往上爬，最後鑽進了船艙裡。

「呀！起煥！金起煥！」姜老師一邊抓緊身旁的學生，一邊焦急地大叫，但不過才一眨眼的時間，金起煥就完全消失在眼前了。期間，船體又晃了一下，動盪得更嚴重了，察覺到情勢正在惡化的姜老師，催促著身旁的孩子們趕快動作：「孩子們！沒有時間了，你們趕快上船！不用擔心，老師會在後面幫你們看著，一定會確定你們都搭上船之後才走！」

在姜老師的守護下，這群學生們順利地搭上了靠近祈敦號的漁船和商船，原本漁夫們也想要把姜老師拉上船，可是卻被姜老師婉拒了，姜老師表明自己想要協助救援的工作，所以暫時還不能離開。

搭上漁船和商船的學生們各自在不同的船上呼喚著姜老師，姜老師用充滿堅定的表情揚著笑，不停地向那些在船上的學生們揮手，要他們放心地離開。看著學生們全都安全了，姜老師這才稍稍地鬆了一口氣，但他知道這只是個開始，接下來才更需要打起精神，因為在船艙裡，還有多達上百名的學生等著救援，而他必須把他們全都帶出來才行！

姜老師穿上了金起煥留給他的救生衣，毫不猶豫地向著船體攀爬，鑽進了金起煥剛剛進入船艙的地方，毫不猶豫地從孩子們的視線、從海面上能見的範圍內，消失不見了。

待在船艙裡的孩子們雖然都很害怕，但還是不忘關心身旁的朋友們。他們找出船艙裡所有的救生衣，並且一一確認是不是每個人都穿上了：「唉！你也要穿上救生衣啊！快點！」、「這裡！這裡還少一件！」、「那先穿我的吧！我再去找！」

接著，到處都響起了通訊軟體的通知聲。先是老師在群組中發訊息確認學生的安全：「現在情況怎麼樣了？孩子們，都穿上救生衣，不要動！」，再來有學生回傳：「現在還沒有人受傷。老師，你還好吧？」，隨後同學們開始互相打氣：「一定要活下來！」、「不要脫下救生衣」、「一會見」……

祈敦號雖然在下沉，船艙也不停地在滲水，但還是保有一定的空間和空氣，可以讓船內的人維持活動和呼吸，只是隨著時間的流逝，情況越來越難堪，側翻在海面上的船體，讓在船艙內的人漸漸難以移動，甚至是已經到了無法移動的地步了。孩子們一個一個只能用手腳撐著牆板，或者死命地抓著柱子來固定自己的身體，盡可能地讓自己不要隨著翻覆的船體滾動。

一個女學生突然驚慌地大喊：「船在下沉！船在下沉！」

其他的學生也開始慌了，用按捺不住的焦慮感，吱吱喳喳地說個不停：

「怎麼辦？怎麼辦？船要是真的沉了要怎麼辦？」

「欸！是不是要打個電話給爸媽啊？這可能是最後一次了欸！」

「我不會真的要死了吧？」

「爸、媽！我愛你們！真的很愛你們！」

「爸媽我也愛你們，還有親愛的弟弟啊！如果想要活命，就千萬不要像哥哥一樣參加校外旅行！」

「我想回家！好想回家！」

孩子們紛紛喊著此刻的心情、對家人的不捨、對回家的期待，但光是用喊的還不夠，他們意識到在這裡喊著，家人是聽不到的，於是這裡、那裡，又再一次響起了通訊軟體的通知聲，這是孩子們與家人之間，最後的連繫。

「媽，我愛妳！現在不說的話，不知道什麼時候才能說了。」一個男學生傳了這樣的訊息給他的母親。

但他的母親這時候還不知道兒子身陷困境，只是回傳了一個笑臉的貼圖，還有一句：「兒子啊，我也愛你！」

另一個女學生則是在訊息中，冷靜地告訴她的母親事情的原委，以及正在等待救援的情況，最後說明：「媽，我和朋友都還在船裡，但是我不知道她現在在哪裡，很擔心她！」

女學生的母親在回應中拼命地向女兒喊話：「不要喪失勇氣，和朋友一起戰勝難關，到時候再一起出來吧！」

從頭到尾都沒有人提及要逃離船艙這件事，因為大家都聽信了船長的廣播，穿上救生衣，乖乖地待在原地，以為這樣……就能夠獲救。

第二章

荒謬救援

上午十點十五分，Y電視台出現了祈敦號沉沒的相關報導，並用斗大的標題寫著「坂戶高中三百二十五名學生全員救出」。

金起煥的母親——朴佑熙，在看到報導之後，第一時間就撥了通電話給金起煥，但不管怎麼打、怎麼等，電話的另一頭始終都沒有人回應。

雖然沒連絡到孩子，心裡總是有點不踏實，可是看著新聞這麼明確地報導著全員獲救的消息，朴佑熙想著金起煥大概是在人多的地方，沒有聽到電話聲，再加上既然已經全員獲救，那麼地方機關應該也會指派交通工具，協助孩子們回來吧！抱著這種想法，朴佑熙便在家中等待著孩子歸來。

但就在十一點十四分，海洋警察廳證實了一名女子在船難中罹難，緊接著媒體轉向報導，表示船上共有一百六十一人獲救，先前的師生全員獲救實為誤報，而在下午兩點左右，官方通報船上人員共為四百五十九人，目前已救出一百六十四人，兩人罹難，還有兩百九十五人下落不明。

此時，能夠明確知道的是，祈敦號的船體，已經完全翻覆了。

呼吸困難、不敢相信的朴佑熙又再次撥出了金起煥的電話，但這次卻連接通的訊號都沒有了。她立刻給她的先生——金俊南打了通電話，一接通就慌張地說：「老、老公啊！新、新聞！看到新聞了嗎？我……我早上打過電話給起煥，電、電話有通，但是沒有人接，可、可是我剛剛再打，就、就不通了，起煥、起煥他……」

得知消息的金俊南雖然也很擔心，但還是極力地安撫妻子：「好好好！妳先不要緊張，妳在家裡等我，我現在馬上回去！我們先去學校問看看是什麼情況，說不定起煥已經被救起來了！啊！還是妳要先打通電話給秀晶？起煥那孩子應該會和炳修在一起，妳問看看秀晶能不能連絡到炳修！」

朴佑熙在允諾之後，掛斷了金俊南的電話，隨後又撥出了張炳修的母親——崔秀晶的電話號碼。電話很快地就被接起，朴佑熙也趕緊說明：「秀晶啊，我是佑熙！妳有看到新聞了吧？是這樣的，我給起煥打過電話，但是電話都打不通，妳有連絡到炳修嗎？有的話，能不能替我問看看起煥那孩子在哪裡？」

電話那頭先是一片沉默，後來卻傳來了崔秀晶嚎啕大哭的聲音：「佑熙姐！我們家炳修說……他還在船上、他還在船上啊！」

朴佑熙被崔秀晶的哭聲嚇了一跳，一顆心糾在一起，緊張得不得了，但又一直阻止自己往壞的方向去想，拼命地把崔秀晶的話理想化，「秀晶啊，妳冷靜一點！炳修是說他在救難船的船上，還沒有回到港邊是不是？」

崔秀晶哭得幾乎像是在嘶吼一般：「不是！不是！炳修還在那艘大船裡！我們炳修還在那艘翻覆的大船裡啊！」

到這裡，朴佑熙的恐懼終於成真了，「妳說……什麼？」

金俊南和朴佑熙匆匆趕到了坂戶高中，發現那裡早就人滿為患了，擠在眼前的有家屬、有校方人員、有政府官員，還有媒體。校方人員把家屬們安置在學校的大禮堂裡，並在第一時間把目前接收到的所有訊息，傳達給家屬們。

但從四面八方湧進來的消息很多，各級政府機關之間，完全沒有做好相關的統整與連繫，只是不停地濫發不實消息，無論是生還者與失蹤者的數據，還是現場的情況都一直在變來變去，讓焦急等待的家屬們分分秒秒都只能處在希望與絕望的變數之下。

得不到任何有用的資訊，也無法確認親人的生死，忍受不了這種煎熬的家屬們，不再癡癡地守在坂戶高中等待消息，紛紛驅車前往距離事故海域最近的郡島，距離孩子們最近的地方。

金俊南和朴佑熙也是其中之一，他們和崔秀晶還有她的先生——張成宰共乘一輛車，四個人心急如焚地趕到了郡島體育館。那裡的人潮和情況，不管是焦躁不安、無法靜下來的家屬們，還是不時迴盪在耳邊的淒厲哭聲，都比剛剛在坂戶高中所看到的還要激烈，甚至隨著時間過去，還出現了支撐不住、倒地暈厥的患者。

這樣的景象，簡直就是人間煉獄。

這時，大舞台上傳來了一個男人的聲音：「我是坂戶高中的學生家長，現在在舞台的右邊已經有名單了。」

就像是看到希望一樣，所有人都衝向了舞台右邊的佈告欄，在一張又一張的白紙上，用盡全部的勇氣去尋找親人的名字。他們一方面期望著能在生還者的名單上看到親人的名字，另一方面又擔心著，萬一在生還者的名單中看不到親人的名字，那該怎麼辦呢？

接著，官方又派人送來了最新的獲救名單，名單上的人數共為一百七十五人。

但在名單公佈不久後，一個女子搶過了發言的麥克風，憤怒地質問著送來名單的政府官員：「剛剛在舞台旁的那份名單裡有我弟弟的名字，我仔細看過了，分明就是有我弟弟的名字！但現在送來的這份名單裡卻沒有，現在到底是誰在開列這些名單啊！」

面對女子的詢問，政府官員卻無法回答。政府的機能在這裡宛如消失了一般，它們無法給出正確的訊息，無法做出正確的處置，為了搪塞而出現手忙腳亂、毫無系統的行動，看起來甚至比家屬們還要徬徨。

金俊南夫婦和張成宰夫婦當然也都沒能在生還者名單上找到兒子的名字，尤其是張成宰夫婦，原本還能和張炳修用電話保持連繫，確認兒子在船艙裡還活著，但現在電話也已經打不通了。

只是像張炳修的情況並不是個案，在郡島體育館的多名家屬都紛紛表示，曾經和船艙裡的孩子們取得連繫過，他們都非常確定，孩子們現在還活著。這讓家屬們更加迫切地需要政府的救援，更加迫切地把希望全都寄託在政府身上。

不過很快地，家屬們就理解到這樣的寄託，根本就是一場笑話。

和郡島體育館裡的混亂相反，此刻出現在新聞報導中的官方記者會上，穿得整齊亮麗的海洋警察廳代表，正一再地強調事故現場的全力救援。代表一臉正色，對大批媒體認真地說明著派出了多少的艦艇和直升機，還有多少的特別搜救人員，但記者會現場卻沒有人知道，這個漂亮的數據，只是為了掩蓋官方無所作為的障眼法。

一名母親連繫著在事故海域上察看情況的船隻：「他們說現場連船都沒有看見，只有海洋警察不停地在徘徊，其它的什麼都沒有，連潛水員也沒有，現場就是這種情況！」

另一名父親也發表著剛剛得到的情報：「他們說現在已經抬出很多屍體了。」接著懷抱心碎地鼓吹著：「我們不要在這裡等了，到利達港去吧！走吧！所有人都去，大家都去吧！」

剛剛站在舞台上，第一時間向他們伸出援手、給予幫助的人不是政府，甚至那個人也跟他們一樣，只是某個孩子的父親、某個失蹤者的家屬而已。一直到了此時此刻，站在他們背後，給予強力依靠與支援的人也不是政府，說不定在他們的背後，根本就沒有人站在那裡。

能依靠的，僅僅只有他們自己的一雙手，僅僅只有那薄弱到不行的力量，無論是家屬們，或者是浸泡在冰冷海水中的孩子們。

❋ ❋ ❋

但真的到了利達港之後，家屬們能做的，還是只能無盡地等待消息。

眼前的海面黑得什麼都沒有，看不見祈敦號，當然也看不見孩子，不過家屬們的一雙雙眼睛還是無法離開那片漆黑，因為他們知道祈敦號在那裡，知道孩子們在那裡，也知道只有從那個方向回來的船，才能夠帶回他們殷切期盼的消息。

在寒冷的夜晚，悲戚的哭聲漫天飄散，港務人員給一位站在港邊不肯離去的母親，披上了一件保暖用的毛毯，但卻一度被這位母親拒絕。她撥去了肩上的毛毯，哭喊著說：「只有我們穿得這麼暖要幹嘛？孩子們都受凍著呢！孩子們都冷著呢！只有我們不冷，到底是在幹嘛？」

除了哀傷，家屬們的氣憤與不滿也急速地飆漲，尤其是在利達港，完全看不到任何一個可以負責的政府官員，他們簡直是氣炸了。家屬們強烈地提出要求，要官方派遣直升機把相關的負責人載到現場來，並且要求政府「即刻」、「立刻」派船援救。

不過面對家屬們的要求，在場沒有一個人願意傾聽，就連大陣仗出動，追逐事件不停拍攝的媒體，也是比起報導沉船現場、救援的真相，以及揭露家屬們的哀切請求，更在意家屬們臉上的眼淚。

在利達港，家屬們其實並不算是一無所獲，他們得到了更確切、更真實的資訊，只是這些訊息太過殘忍，不但沒有給他們任何的希望，反而還帶來了可怕的心碎與絕望。

一位父親激動地向媒體訴說：「這裡的居民都搭船去事故現場了，說沒在搜索啊！根本就沒有在搜索啊！所以我說，不要只有我們去，你們也去，攝影師和記者都去現場看看！我的意思是說，至少要把正確的情報公開給大家知道啊！」

遲遲等不到官方的援助，急迫的家屬們乾脆集資租了艘漁船，派了幾個代表前往事故海域察看。沒多久之後，漁船回來了，家屬們湧到了港邊，一個一個全都掩不住情緒，焦慮地、急躁地追問著事故現場的情景，也問著「為什麼警察不救援」、「為什麼不進去船內」等等他們一直想要知道答案的問題。

被推派為代表上船的李先生一下船就頻頻拭淚，糾結的表情說明著他難以言喻的痛苦，但他還是強忍著，努力地回答著家屬們所提出的問題：「民間潛水員說進得去，可是警察卻說無法潛入！民間潛水員都說進得去了，結果警察卻說進不去！跟我一起去的人都說得很清楚，他們說那種程度，連他們自己都進得去！剛剛白天的時候，他們想要打破玻璃窗，說看看能不能多救幾個人出來也好，但警察卻說玻璃窗打不破！」李先生向媒體拜託：「這部分請幫我們揭發出來、傳達出去好嗎？」

一名記者對李先生提出了問題：「先生，請問你剛剛去了多遠，和船的距離很近嗎？」

李先生邊說，手也不停地揮動，像是在安撫自己那些緩和不了的情緒，「就是事故現場，就到了船的旁邊，然後再折返回來！」

記者又問：「請問是搭海警的船嗎？」

李先生反駁：「不是！我們又另外租了船，搭漁船去的！」

這時，另一名記者提出了一個讓李先生很難面對的問題：「現場的情況怎麼樣？」「現場……」李先生雖然一直很鎮定地轉述他所看見的景象，但在這個問題之下，他的努力終究還是倒塌了。李先生先是無奈地閉著眼睛，不知所措地敲著後腦杓，接著將自己的無能為力全都痛哭了出來：「我們什麼事也沒有辦法做啊！」

這一席話讓在場的家屬們又再一次地崩潰了，他們在現場哭著、喊著，要孩子們在沉沒的船裡等著，但事實上，他們自己也一樣，只能在沉船的現場等著，無法真的為孩子們做些什麼。

一個年輕的女子在鏡頭前急得跳腳，哭著說：「大人們在這時間還能吃飯，孩子們現在在裡面不知道該有多害怕！拜託請救救他們啊！拜託！」

另一個中年的男子則是在鏡頭前表達對官方的不滿：「他們承諾說晚上九點要派直升機，卻沒有出現！說要派軍艦，也一樣沒有看到！」

不知道過了多久，海警才遲遲派了一艘公務船，預備要出發到事故海域。能夠親眼看看事發現場的狀況，親眼看看孩子們所在的地方，家屬們當然全都搶著要上船，但仔細一看，這艘船上卻已經先載著十幾名記者了。

看著滿船的記者媒體，家屬們想起了「全員獲救」的誤報，還有說著正在「努力進行救援作業」的報導。從這些媒體傳達出去的事，居然沒有一件是真的，全部都只是謊話，讓他們忍不住滿腔憤怒。

一名父親把船上所有的記者全都叫了下來，並說：「你們當中，真的！真的有自信把事實都報導出來的人，再上船吧！」

但罕見的是，所有人都猶豫不決。

不過直到這個時候，家屬們還是沒有放棄寄望於媒體，他們依舊希望媒體能把船難現場的危急，把他們被政府擱置、不堪的處境報導出去，希望能藉由媒體的力量讓事件發酵，引起社會大眾的關注，讓政府不得不去重視，讓他們得到更多的幫助。

所以家屬們和媒體做了「要如實報導現場情況」的約定，並答應讓媒體推派的電視台及影像記者各一位代表上船。就這樣，這艘公務船載著滿滿的家屬，載著滿滿的忐忑，行駛在黑如墨水的海面上，奔向了祈敦號所在的地方。

晚間十點五十二分，載著家屬的公務船抵達了事故海域，海面幾乎看不見波動，宛如湖水般相當地平靜，但在眼前所看見的，就如同在郡島體育館、在利達港聽到的說法一樣，現場完全沒有在進行任何的救援作業。

困住孩子們的祈敦號就近在咫尺，家屬們光是看著就忍不住流淚，縱然如此，他們還是願意相信自己所深愛的孩子，肯定還活在船艙內，而且是很努力、很努力地活著。

面對這種情況，一名父親忍不住指著事故海域大罵：「這裡有誰在啊？現在有誰在搜索，有誰在搜索啊？到底有誰在做啊？說正在全力搜救的人呢，全都到哪裡去了？」

無法接受這樣的風平浪靜，卻什麼救援作業都不做的家屬們，向著在海上巡迴的海警船艦，提出了搜救作業的請求，但卻得不到海警的任何回應。無奈之下，家屬們只好連哭帶喊，拼命地大叫：

「你們在幹嘛，快點進去船裡啊！」

「為什麼不救援？」

「還有人活著啊！」

「船內都用手機傳來了還活著的訊息了，不是應該要趕快搜救嗎？」

這時候海警的船艦才開始在祈敦號的周圍環繞，不過船艦既然可以肆無忌憚地在祈敦號的周圍打轉，其實也就表示著，水面下並沒有人，搜救作業並沒有在進行。無論怎麼叫、怎麼喊都得不到海警的回應，家屬們這時候才發現原來遠方的海面上，還停著另外一艘大船，是海警指揮艦。

公務船在靠近指揮艦之後，家屬們提出了上船的要求，卻被船員拒絕。無法上船進行溝通，家屬們只好又扯著喉嚨奮力地嘶吼、詢問著：「有人到船邊進行救援作業嗎？有嗎？」

一開始根本就沒有人理會家屬們的詢問，直到過了很久之後，一個船員才說：「凌晨一點會進行作業。」

家屬們焦躁地怒吼：

「你說什麼！哪有時間能拖啊？」

「現在是時間的問題嗎？」
「是你們的家人困在裡面的話，還會這麼說嗎？」
「趕快去！趕快！」
看艦艇上的人員不為所動，家屬們從憤怒轉為哀求：
「我知道這很費力，但不是應該要救援一下嗎？」
「現在什麼事都不做，是要怎麼辦？」
「為什麼不潛進去呢？」
「為什麼不救援呢？」
「拜託！就算只有一個人也救救吧！」
隨著時間過去，平靜的海上開始出現了漩渦，意示著最適合潛水的低潮時間即將要結束了。海浪拍打的速度越來越快，原本如湖水般平穩的海面，也掀起了滾滾的浪潮，漸漸變得洶湧。
之後在官方紀錄的搜救時間點上，也看不到任何的水中搜救作業，頂多就是搜救人員爬上了浮在水面上的祈敦號，拍打船身要裡頭的人給予回應，僅此而已。
而當晚搭上公務船同行的電視台和影像記者，將拍攝畫面提供給了其它的電視台，但無論是哪家電視台所播出的畫面和報導，都沒有提及現場的情況有多淒慘。
家屬們就這樣，再一次地被政府與媒體欺騙了。

第三章

溫柔的網

天邊的月亮又大又圓，潔白得沒有一絲瑕疵，雖然和黑得深邃的夜空形成了強烈的對比，不過卻不突兀，反而還因為有了這樣的一輪明月，才讓寂靜到令人窒息的夜晚，得到了些微的救贖。

海浪一波一波地拍打在沙灘上，一波一波地拍打在少年的身上，溫柔又緩慢的，像是在對沙灘上的每一粒沙塵提醒著「要記得好好疼惜我的少年」。少年在無意識的狀態下被拖離了岸邊，不再任由海水浸濕他的衣服和身體。

從一開始的模糊不清到漸漸清醒，彷彿都能感覺到胸口上的重力，還有渾身的濕黏感，而越清醒，能感受到的觸覺、嗅覺、體感，就越明顯。最後，在乾渴的喉嚨中，只對一口新鮮的氧氣渴求不已。

「咳、咳！哈——」用力地咳出滿嘴的海水，少年像是要連腳指甲都能充分吸收到氣體似的，使勁地倒抽了一口又滿又飽的氧氣。

一大群人團團圍在少年的身邊，而且眼神一個比一個還要嚴肅，不過就在確認他已經清醒，可以自主呼吸的時候，這些人從原本的擔心轉變成了放心，臉上的嚴肅也立刻被輕鬆的笑給取代了。

但搞不清楚狀況的少年可笑不出來，他不知道這裡是哪裡，也不知道為什麼他會在這裡，只知道他現在躺在沙灘上的身體還是癱軟的，透過月光能夠看見的視線還是模糊的，雖然身邊有很多人，可是這些人……他一個都不認識。

一個少女輕輕地推開了人群，來到了少年的面前，她蹲了下來，用少年從來沒有聽過的陌生語言說著：「我叫佐安，你叫什麼名字？」

頭昏腦脹的少年奮力地坐起，雖然覺得哪裡怪怪的，但他還是依照佐安的提問回想著自己的名字，可是不管他怎麼想，腦中永遠都是一片空白。最後，他只能茫然地說：「我好像想不起來……我的名字。」

佐安像是在安慰少年一樣，露出了充滿暖意的笑容，然後依舊用著令少年感到陌生的語言說著：「沒關係，會想起來的。」

比起想不起來的名字，還有一件更讓少年感到詫異的事。他突然睜大了眼睛，驚愕地看著佐安說：「為什麼我聽得懂妳說的話？還有，為什麼妳也聽得懂我說的話？我是原本就住在這裡的人嗎？」

「不是喔，你是從遙遠的地方來的。至於為什麼你聽得懂我說的話……」佐安笑著聳聳肩，半開玩笑地說：「這誰知道呢，說不定是你被沖到這裡之前，受過什麼撞擊，就得到了這樣的能力了。」

「我被沖到這裡之前？」少年愣愣地望著眼前這一片黑壓壓的海，可是對於自己與這片海的關連，他一點印象也沒有，只好轉向佐安求助：「那個，妳說我是從遙遠的地方來的，那妳能告訴我這裡是哪裡，還有，我是從哪裡來的嗎？我覺得我好像……忘了很多事情。」

沒想到佐安卻說：「你是從哪裡來的，我也不知道，不過暫時忘掉那些想不起來的事情，對你說不定會比較好一點。而你想知道的這個地方，叫作網，目前找不到可以離開這裡的方法，所以從今天開始，你就要跟我們一起生活了，請多指教喔！」

少年覺得這一切好像有點誇張，有點違背常理，逕自發愣了好一陣子才又提問：「妳剛剛是說，這個地方叫作『網』嗎？是『網子』的那個網嗎？而且，還沒有可以離開這裡的方法，意思是說，我要一輩子都待在這裡嗎？」

佐安點著頭，耐心地回答著少年的疑問：「對，是網子的網。你要把這裡當作是一張網子也可以，反正被網子抓住了，也很難逃出去，現在就是這種情況。不過你也不要忘了網子的作用不是只有『困住』，還有『接住』喔！你現在覺得它困住了你，說不定哪一天，你會對它改觀，明白它原來是接住了你，在你覺得最痛苦的時候。」

一頭霧水的少年搖著頭，直截了當地說：「我不明白。」

「呵呵……」佐安輕輕地笑瞇了眼，感受著少年透露出來的純真，接著收起了笑意，認真而堅定地告訴他：「沒關係，從現在開始，你只要好好地活下去就好了！」

少年凝著不解的表情，滿是疑惑地說：「雖然我應該都有好好地活著，但如果我真的有好好地活著，為什麼會被海水沖到這裡來呢？」

「這就跟你想不起來的那些事情有關了，所以我也沒有辦法回答你。」佐安回頭跟身後的人們說了幾句話，在人們紛紛散去之後，她才又看著少年說：「走吧！我先帶你回去把衣服換下來，不然在這樣的夜裡吹著海風，實在是太冷了。」

在佐安的攙扶下，少年從沙灘穿過了林間小路，一路來到了一個看起來非常純樸的村子。這裡放眼望去無燈無火，暗得讓人連前方的路都看不清楚，最多只能勉強地看見幾戶人家中，還微微閃爍著的火光，不過隨著夜深人靜，那些火苗也會一盞一盞地熄滅，任由黑暗降落沉澱。

佐安帶著少年踏進了一間木屋，屋子中央的爐地正燃著熊熊的火團，把整個空間都燒得暖烘烘的。她隨手拿了幾件衣服給少年換上，並把少年脫下來的衣物用衣架固定，一件一件圍在爐地邊烘乾。

少年也坐在爐地邊烘烤身體，他看著剛剛直接脫下來，變成了反面在外的衣服，發現領口上好像繡著些什麼。他一邊伸手觸摸，一邊唸出了上面的文字：「金、起、煥？啊！這是我的名字嗎？好像是欸！我叫金起煥！」

從房內拿著毛毯走出來的佐安，正好聽見了金起煥的話，在把毛毯往金起煥身上披的同時，也反覆地喃喃著：「起煥、起煥……」然後她看著金起煥，笑著點點頭，「真是個好聽的名字！」

但這個好聽的名字好像沒有引起金起煥的興趣，他只是一直盯著那件衣服，不停地提出對自己的假設：「我是不是一個很愛亂丟東西的人啊，不然怎麼會連衣服都還要繡上自己的名字？還是我家裡有很多兄弟姊妹，如果不繡上名字的話，衣服就會亂穿？但只是一件衣服而已，隨便穿應該也沒關係吧？」

佐安在裝了五穀米的杯子中沖了些熱水，等到茶湯變成淡淡的黃色之後，就把杯子放到金起煥的身邊，「你說的都有可能啊！但不用急著去想，就像你的名字一樣，不是也在剛剛想起來了嗎？你想要知道的事，總有一天都會想起來的，只是時間的問題而已。」

金起煥端起了五穀茶喝了一口，沒想到卻被狠狠地燙了一嘴巴，「呃、好燙！」

「噗，你沒事吧？」佐安雖然連忙遞上一杯冷開水，但金起煥的樣子真的太滑稽了，讓她就算是想幫忙，也忍不住發笑。

一直到現在，才有足夠的光線可以讓金起煥好好地看清楚佐安的長相。

佐安有著一張看起來像是東方人的臉孔，但卻又有著西方人那樣深邃的五官；她的皮膚不白也不黑，但認真說起來也絕對不會是黃種人，應該是比較偏向紅色的皮膚；她有著一頭淡色、俐落盤起的長髮，但不是金髮也不是白髮，比較像是灰髮，在太陽下可能會有點夢幻、閃閃發亮的那種。

不過最讓金起煥在意的是，和佐安的外表完全不符的年紀。也許是十六、十七歲，又或者再比他大個一、兩歲？明明就和他一樣是個正值愛玩、淘氣的年紀，為什麼佐安的目光看起來卻像個溫柔的母親，好像正在包容什麼，正在擁抱什麼。

掩不住好奇心，金起煥便問：「佐安剛剛說過，網是一個沒有辦法離開的地方吧？那麼妳是從哪裡來的呢？也跟我一樣是從遙遠的地方，被海浪送過來的嗎？」

佐安搖頭，否定了金起煥的猜測：「我是原本就住在這裡的人，不是從遙遠的地方來的，但是我正在等待某個人，準備往遙遠的地方去。」

金起煥覺得自己好像永遠都聽不懂佐安在說什麼一樣，但又很想知道那是什麼意思，只好順著佐安的話繼續問：「妳在等誰？妳說的那個『遙遠的地方』又是哪裡？」

「這個嘛……我其實也不太確定，因為我還在等、還在路上，但如果你也想去的話，可以跟著我。」佐安輕輕地笑著，輕輕地撫著金起煥的頭，「房間我替你整理好了，請你好好地睡一覺，請你要好好的。」

彼此互道晚安之後，金起煥和佐安就各自回房睡了，這一晚，真的好好地睡了。

❋ ❋ ❋

一夜過去，天亮了。

在床上翻來翻去無數次、伸了無數個懶腰的金起煥終於醒了，他睜開眼睛看著用木頭搭建起來的天花板，一時之間還有點錯愕，後來才想起了昨天在沙灘遇到佐安的事，但他也只能想起昨天的事，更早之前的，什麼都想不起來了。

佐安不在房子裡，只留下了一張寫著奇怪文字的字條，要金起煥醒了之後到村子裡的活動廣場找她。看著字條上那些陌生的文字，對於自己居然能看懂，金起煥還是感到很不可思議，不禁猜想自己會不會原本就是個精通十八國語言的天才學生？又或者是個立志要到世界各國探險的大冒險家？

不過這些猜測，讓金起煥光是用想的就覺得好笑。

金起煥換上了昨天晚上烘乾的衣服，怕外面太冷，還順手披了件佐安留給他的外套，這才出門前往活動廣場。可是佐安說的活動廣場……在哪裡呢？金起煥在村子裡繞了老半天，也找不到一個看起來像是活動廣場的地方。

和昨晚的伸手不見五指不同，今天在陽光的照射下，整個村子的樣貌清楚多了。房子多半都集中在村子的中間，外圍則是有農田、魚池，雞舍、鴨舍等等設施，再過去一點還能看到幾戶牛舍，而村子的前後分別有路可以通往前方的沙灘，或者是後面的隧道，至於沙灘和隧道那裡都有些什麼，這就不知道了。

「起煥哥哥！你在這裡幹嘛？」一個莫約七歲的小男孩向著在路上閒晃的金起煥奔來，而且還很順口地叫出了金起煥的名字。

金起煥對眼前這個小男孩完全沒有印象，不知道為什麼這個小男孩會知道他的名字。他尷尬地笑著說：「呃……我迷路了啦！佐安叫我去活動廣場找她，但是我不知道活動廣場在哪裡，你知道嗎？」

「我知道啊！我也要去那裡，我們一起去吧！」小男孩說完，踩著腳步就往活動廣場的方向走。

既然有人願意帶路，金起煥當然是二話不說立刻跟上，「好啊好啊！不過，你叫什麼名字啊？」

小男孩愣愣地眨眨眼，像是覺得金起煥的問題很奇怪，「我？我叫威句！」

「威句？」金起煥一個皺眉，竟口無遮攔地說出：「好奇怪的名字喔！」

可是威句也不甘示弱地吐吐舌，反擊著：「你才奇怪！」

兩個人就這樣一路打打鬧鬧、嘻嘻哈哈，不一會兒就進到了活動廣場裡。活動廣場上放了很多剛收成的農作物，同時也聚集了很多人，每個人的手上都忙著處理各自被分配到的工作，不過嘴上也是吱吱喳喳地忙著聊天，而佐安，正在人群間穿梭著，偶爾打理雜事，偶爾運送蔬果，看起來就像是整個團隊的主要負責人。

金起煥混進了人群裡，偷偷地看著佐安做事情的程序，然後有樣學樣地幫著佐安把所有的東西分類、回收、安頓，甚至還有時間可以幫其他人處理作物，完全不受工作份量和繁雜程度的影響，簡直是如魚得水。

忙了一整個上午的佐安，到現在才發現金起煥在這裡，而且看他那副輕鬆自在、嘻皮笑臉的樣子，應該是已經來了一段時間了。佐安趁著和金起煥一同運送貨物的時候，和他搭上了話：「我看你好像很適應這裡，一點都不擔心失憶的事。」

金起煥則是無念無想，傻傻地笑著說：「日子還是要過啊，反正那些事總有一天會想起來，妳不也說過這只是時間的問題嗎？而且我覺得這個地方的生活方式，應該不是我以前習慣的那一種，因為每一件事情看起來都好有趣，搞得我好像也不是這麼急著想要想起過去的事了！」

佐安聽了大笑：「哈哈……對你來說，這裡的每一件事情的確都很新鮮，因為全部都要重頭學起，可是這就是『生活』，你想要好好地生活，就必須要學習生活的方式。」佐安深呼吸了一口氣，逕自小聲地喃喃著：「真慶幸你是這樣的孩子。」

沒聽清楚佐安說的最後一句話，金起煥一臉疑惑地問：「嗯？妳說什麼？」

「沒什麼。」佐安搖搖頭，想換個話題就開始解釋起活動廣場上的工作：「這裡所有的東西，包括農地、果樹、魚池，還有雞舍、鴨舍、牛舍通通都是公有的。大家一起種植、一起畜牧、一起收穫、一起分享，所以只要到了收穫的季節，就會聚集在這裡分工合作，不過一做就要做上好幾天就是了，畢竟這是要供應給全村的糧食，份量可不容小覷喔！」

金起煥點點頭，滿是認同：「大家一起有事做，一起有飯吃，感覺不錯啊！而且每隔一段時間就可以這樣聚在一起聊天、一起玩，不用怕無聊還可以連絡感情，多好啊！」

腦中好像突然閃過什麼畫面，讓金起煥愣了一下。

那是在一個房間裡，兩旁的上下鋪加起來大概有八個床位，幾個和金起煥差不多年紀的男孩在房間的中央圍成了一圈，大家一起吃著零食、玩著紙牌，一張張臉上全都帶著笑，一言一語中全都是喜悅。金起煥也身在其中，只是當他揚起視線，正要把那些男孩們的長相映入眼中的時候，記憶卻突然中斷，模糊成一片。

「怎麼了嗎？」佐安輕聲地喚著。

「沒有，好像想起了什麼事，又好像想不起來。」金起煥不太在意地聳聳肩，也沒有很執著非要想起不可，「不過，這裡好像有點難找啊！我剛剛在村子裡繞了半天都找不到路，要不是遇到威旬，我一個人怎麼可能找得到活動廣場，又怎麼可能會知道活動廣場長這樣。妳看看這裡，到底哪一點像『廣場』了，根本就只是誰家門口前的空地而已吧？」

就像金起煥說的那樣，佐安口中的「活動廣場」，的確就是某戶人家門口前的空地而已，而且這戶人家還不是在村子裡的主要街道上，想要找到這裡，要先鑽進巷子，然後再轉過好幾個彎才可以。

佐安笑著回應金起煥的牢騷：「這個地方比較陰涼，被太陽照射到的時間比較短，當然也會比較適合長時間的工作。從以前就一直是這樣，大家也都很習慣有什麼活動就往這裡跑，所以後來這裡就變成了『活動廣場』，一說就知道了，但我忘了你不知道，這是我的疏忽，對不起！」

金起煥立刻挺起胸，自信滿滿地說：「我現在也知道了！」但隨後又問：「不過這裡沒有村長還是什麼領導之類的人嗎？像我這樣突然出現的人，應該也要讓村長知道一下吧？這樣他才可以掌握整個村子的人數還有情況啊！還是說，佐安妳……就是村長？」

佐安又被逗笑了，「這裡沒有你說的那種人，大家都像家人一樣，互相幫忙、互相扶持，過著理想中的生活，所以不需要被誰掌握，也不需要由誰來掌握。」

「這樣喔……」金起煥想了想，接著說：「但如果遇到什麼困難還是什麼沒有辦法解決的事，還是需要在第一時間找個有能力協助的人吧？找個可以在第一時間擁有最多資源、最大權力，可以給予最大幫助的人啊！」

「那你理想中的村長、權力者，是什麼樣子呢？」佐安富感興趣地問。

「我也不知道，但我想在我過去生活的地方，可能有一個很棒、很好，能夠把人民的急難完全當作是自己的事，用最積極的態度去面對的領導者吧？」說著這些的金起煥，目光正充滿期盼地閃閃發亮。

縱然遺失了記憶，金起煥依舊用他純真的心，去相信過去的每一刻，都是很美好的。

第四章

不可挽救

二〇一四年四月十七日，利達港的天亮了，但守在這裡的家屬們，卻一夜未眠。

即使在昨晚已經搭上了最後一班船去過事故海域，家屬們還是要搭上今天出航的第一班船，再去一次事發現場，再親眼看一次那艘載著孩子們的祈敦號，現在怎麼樣了。

和昨夜所見的平靜不同，湍急的浪潮正圍繞著祈敦號，民間業者溫緹妮公司，為了指引系統作業，一大早就抵達了現場，只是這艘船上也載滿了前來視察的政治人物。

和面對家屬的情求，總是不聽不答的態度不同，海警們為了同行的議員們，積極地準備了另外一份簡報資料，而且對於議員們所提出的問題，全都有問必答，甚至還派出潛水員下水潛行，只為了能在議員們的面前表現出，他們真的有在救援的樣子。

但事實上，這樣的救援就只是在做做樣子而已，潛水員潛入海中的時間很短，總是過沒多久就浮出了水面，根本就沒有真的潛進船艙裡，根本就沒有真的在進行救援。

另一邊，在郡島體育館裡等待消息的家屬們也是一整夜都無法入睡，只是和政府的毫無頭緒截然不同，家屬們各自分配著不同的任務，四處奔波、竭盡所能地準備著救援的對策。他們看著從利達港傳回來、在事發海域所拍攝的影像，同時也彼此分享著資訊，利用手機連繫、轉播著最新的情況，每分每秒、時時刻刻都為了孩子們在努力著。

一名在郡島體育館內的年輕男子，和正在事故海域附近的友人通話：「你現在在失事船隻的周圍對吧？就在船的周邊打轉，可是沒有人來搜救對吧？」

友人在電話另一頭回應著：「不知道是在等誰來救援，現在就只有警備船在這裡來來回回，沒什麼其它的事。」

這名男子繼續追問：「你是說海上都沒有動靜，也沒有救援隊過去，只有搜救船在往返這樣而已嗎？」

友人對現場的情況感到氣憤，不免煩躁地說：「就什麼都沒有啊！」

但不知道是真的搞不清楚事故現場的狀況，還是因為被大批媒體包圍的緣故，在郡島體育館外的海警安全統籌部長，卻在一票家屬面前不停地說著：「有為數眾多的潛水員正在趕來！」

聽到這種說法，一名父親忍不住直接糾正：「要讓我們看見你們的誠意，不要只會做媒體操控！所有的媒體都在報說『正在進行搜救作業』，但你們整個上午真的有在搜救嗎？真的有在作業嗎？」到後來，他更是憤怒地向著統籌部長大吼：「先生啊！我家的孩子在那裡就要死了耶！」

家屬們掌握到過多的現場資訊，讓統籌部長亂了手腳，只好撥打電話連繫相關單位，並頻頻指示：「無論如何一定要潛入水中，進行救援作業！」

在那之後，數名政府官員來到了郡島體育館了解情況，一名政客站在舞台上，拿著麥克風，像是把家屬們的請求都當成了逼迫，口氣略為急躁地說著：「為了大家，我這不是來了嗎？我都說了會盡全力救援了嘛！」

剛剛那名才跟友人通過電話的男子，立刻爬上了舞台，非常不滿地告訴眼前這名政客：「我們現在就有人在那裡，為什麼你還要這樣說啊？拜託不要再說謊了好不好！」

關於明確具體的搜救方式和統整，前來郡島視察關心的政府官員，沒有一個人說得出來，無論是誰都只會一昧地說著「正在大規模進行搜救」這樣的謊話，試圖安撫家屬，試圖欺騙家屬。

一名母親激動地咆哮著，字裡行間盡是怨恨：「你們都在辦公室裡幹嘛！給我過來，我要把你們通通都殺掉！如果是你的孩子出事，你還會這樣嗎？」

這時，國務總理造訪了郡島體育館，家屬們紛紛向他靠近，想要向他求情，想要向他抗議政府一直以來的無責任作為。有人一時情急伸出了手觸碰、挽住了他，卻被他認為家屬們這樣的行為很危險，讓他急著加快了腳步，一心只想著趕快離開。

見到國務總理這般態度，家屬們的情緒在瞬間爆發，不時都能聽見有人大吼著：「攔住他！」、「抓住他！」、「別讓他走！」部分的人也開始向著國務總理潑水，和總理身邊的隨扈發生了肢體衝突，而這場混亂在隨扈推開了周圍的家屬，開道讓國務總理順利離開之後，難堪地落幕了。

多數家屬的憤怒，在總統抵達郡島體育館的時候，冷靜了很多。大概是因為家屬們一樣想貼近總統，一樣想向他求情，同時也一樣想向他抗議政府的無所作為，但總統卻不是像國務總理一樣推開這些無助的家屬們，而是從踏進郡島體育館開始，就一直陪伴在家屬們身邊，一路都和他們並肩同行。

「我剛才去了搜救現場，政府已經動員了所有的資源和人力，正在全力搶救中。」好像是免不了一定要說的安慰，總統也同那些政府官員一樣，說著一些毫無作用的場面話。

家屬們冷靜沉著地向總統訴說著現場的情況、所得的資訊，還有政府官員卑劣的姿態、一團混亂的指揮作業，甚至是完全沒有正規系統，只有被一連串謊話覆蓋的救援行動。但與總統同行的海警廳長卻在這時候說出：「如同之前所說，無論條件如何，我們都投入了五百多位潛水員的人力……」

頓時，家屬們的抗議與噓聲、嘶吼與叫罵，在郡島體育館內不停地迴盪著。

「總之，這次我們會徹底調查，確實釐清原因，一定會施予嚴懲！」結果，一個國家的最高負責人，曾經被人民賦予最大信任的總統，在焦急的失蹤者家屬們面前，也只能說些與當下急迫搜救無關的空話，然後草草離去。

這一天，雖然總統、國務總理，還有許多的政客都來過郡島體育館，但是處理重大災難的中樞機制，卻始終沒有出現。

二〇一四年四月十八日，上午九點，家屬們殷切期盼的空氣注入壓縮機，由溫緹妮公司載裝，運送到了事故現場。在海警發佈已經開始向祈敦號船體注入空氣的那一刻，郡島體育館內響起了家屬們的歡呼與掌聲。

只是在那個時候，家屬們並不知道，這個耗費兩天才運送到事發海域的空氣注入裝備，其實不是給人呼吸用的，而是無法自主調節對人體有害的氣體量，不會顧慮到有害氣體的比重，專門提供給工業用的。

雪上加霜的是，祈敦號內目前應該是斷電的狀態，想要啟用空氣注入設備，就必須要使用引擎發電，而從引擎冒出來的煤煙，會往壓縮機的方向再次被吸入，萬一這些煤煙被吸入儲藏囊內，那麼被壓縮進船體內的空氣，就會跟汽車排放的廢氣沒什麼兩樣。

空氣注入作業開始不過三個小時，與祈敦號連結的指引系統就斷絕了，而原先船頭艱辛地浮在水面上的祈敦號，也在中午十一點五十分左右，完全地沉沒了……

再一次搭船前往事故海域的家屬們，只能伴隨著哭聲，心碎又絕望地喃喃著：「從這裡看，不都沉下去了嗎？」、「船連看都看不到了，怎麼辦啊？」、「看不見了，船都看不見了……」

在如果氣穴存在，都還有生還可能的七十二小時內，家屬們雖然懇切地盼望著孩子們能夠活著歸來，但急迫的黃金救援時間，就這樣被刻意地操控著，無情地浪費、慘烈地消逝掉了。

同一天，幸運獲救的坂戶高中副校長，因為對於沉船，以及多數學生被困在船內的事實感到內疚，在郡島附近的山坡，上吊自殺了。

遺書內提到：「兩百多人生死不明，我沒有信心一個人活下去。所有的責任都在於我，是我推動了這次的旅行。請把我的骨灰撒在事發海域，讓我跟那些屍骨無存的學生們在一起，就算到了陰間，我也要繼續做他們的老師。」

截至目前為止，官方已證實罹難人數為二十五人，獲救人數為一百七十九人，而下落不明的仍有兩百七十一人。

在郡島飄散的哀淒感，始終揮之不去。

❋ ❋ ❋

二〇一四年四月十九日，上午五點五十分左右，搜救潛水人員終於克服了急流和幾近於零的能見度，首度進入了沉沒的客輪裡，並抵達了下層甲板乘客區。彷彿一直到了此刻，救援工作才是真的開始，只是都已經是此刻了，家屬們本來緊緊擁在懷中的希望，也早就隨著時間渺小得看不見痕跡了。

而在對心碎又疲憊的家屬們簡報的過程中，海洋警察廳的副主管又明確地提到：「透過窗戶，潛水搜救隊似乎看到了很多的屍體，他們無法以手持工具打破窗戶進入船艙，不過我們會在客輪的周圍佈下圍網，避免屍體隨浪漂走。」

所以，現在該等的，究竟是一具屍體，還是那遙不可及的奇蹟？

不同於現場有人瘋狂地嘶吼大叫、有人默默地哽咽流淚，朴佑熙什麼反應也沒有，只是癱坐在港邊，用一雙空洞的眼神望著剛剛救難船駛離的方向。她靜靜地等著，等著救難船離去，等著救難船回來，等著這一趟往返的船上，能有她心愛的兒子，可以的話，最好是活的。

雖然對於金起煥至今下落不明的事實，金俊南也是感到很鬱悶、很難接受，但他更擔心幾天下來，遭受過多打擊而變得沉默不語的妻子。

金俊南陪著朴佑熙坐在不舒適的石頭地上，讓她依靠在自己的胸口，接著輕拍著她的肩膀，安慰著：「不要給自己太多壓力，不要太早下定論，只要還沒找到起煥，就都還有機會。人家不是說沒消息就是好消息嗎？我們起煥這麼聰明、這麼機靈，說不定只是跑到哪裡躲起來了，會有好結果的！」

朴佑熙苦澀地抿抿唇，臉色蒼白得像是被多日來的痛苦，啃食到快要死去一般，「你什麼時候跟那些政客學壞，也開始說這種空話了？大家都知道現在是什麼情況，只是沒有人敢說而已。我總也得要學著做點心理準備，不然在見到起煥的時候哭得太難看，他會嚇到的。」

「那就不要哭吧。妳在起煥那孩子面前從來都沒有哭過，要是在這種時候哭了，他肯定會覺得是他害妳哭的，這樣，他一定會很內疚，會放不下的。」金俊南用輕聲溫柔的語調，包容了事實真相的殘忍，讓這些傳進朴佑熙耳裡的話，變得柔軟多了。

「你說的好像也對，我不能讓起煥因為我內疚、放不下。」感覺到喉頭有一股悲傷哽著，朴佑熙趕緊閉上眼睛，專注在呼吸上，緩和著差點就隨著情緒奪眶的淚水。接著她大大地吐了口氣，像是下定決心般地說：「那就，不要哭吧！」

救難船一趟又一趟地來來回回，但在這一趟又一趟之中，從來都沒有給家屬們帶來希望，從來都沒有給家屬們帶來任何生還者的訊息，只是每靠港一次，就多載著幾個裹上白布的孩子回來；每靠港一次，就讓家屬們撕心裂肺的哭吼聲，再次傳遍整個利達港。

每次救難船靠港的時候，金俊南和朴佑熙總是飛快地奔向船邊，然後在現場人員的協助下，一個一個確認被送下船的人，到底是不是金起煥。從船上被送下來、被他們夫妻倆確認過的孩子很多，但最後他們都離開了這些孩子們的身邊，因為裡面沒有一個人是金起煥。

在每個孩子被送下船不久後，現場都會有人爆發出震天的哭聲，都會有人一聲一聲不停地喊著代表孩子身分的姓名，但和這樣的震撼不同，另一種威力更驚人的聲音，正猛烈地砸在那些孩子生死未卜的家屬心裡。

那是一個家庭又破碎的聲音。

還在等待的家屬們抱著「這次被送回來的不是我們家的孩子，真是慶幸。」、「但我們家的孩子現在在哪裡？」、「萬一下一次被這樣送回來的是我們家的孩子，那該怎麼辦？」、「我們家的孩子應該還活在船艙裡，有好好地在等待救援吧？」、「如果我們家的孩子已經不在了，至少也一定要把他帶回到我的身邊吧……」

各種的想法、各種的矛盾，各種從一開始拚命地期盼希望，到否定現實的掙扎，到最後漸漸變得萎靡，只能夠卑微地乞求，消極地擁抱絕望。家屬們人人都心驚膽顫，深怕孩子被送回到手中的時候，已經死了，但又深怕孩子早就已經死在沉沒的船內，卻找不到屍體，無法被送回來。

儘管被恐懼和不安包圍，無法抑制想要立刻見到孩子的心情，但待在利達港邊滿滿的家屬，除了等，還是只能等，無一例外。

這就和第一天接到消息，匆匆趕到郡島的情況一模一樣，也許途中能夠搭上船隻前往事發海域，也許途中能夠透過各方的訊息更了解祈敦號的情況，可是就算再接近事發海域，就算再接近祈敦號，就算和孩子之間不過只有幾尺的距離，家屬們還是只能等待，甚至是只能眼睜睜地放任孩子死去，無能為力。

幾天前，讓朴佑熙羨慕的對象是生還者的家屬們，她幻想過上百次，如果金起煥能夠是那一百七十九個生還者之一的話，那該有多好，也懷疑過自己上百次，為什麼沒能在那一百七十九個生還者之中，找到金起煥。

而現在，從一艘一艘的救難船上，朴佑熙少說也已經看過幾十個孩子了，卻還是沒有辦法從這些孩子中找到金起煥，讓她忍不住開始羨慕起那些，擁抱著孩子的屍體，跪在地上痛哭的父母們。

至少，他們的孩子都回來了；至少，他們都還可以抱著孩子。

看見了朴佑熙眼裡的落寞，金俊南摟著她的肩膀，堅強地說：「就再等等看吧，不是還有我陪妳一起等嗎？我們起煥也是，還在等我們呢！」

朴佑熙縱然不想接受，也只能勉為其難地接受。她忍住心痛，為了金起煥打起了精神，點點頭允諾：「嗯！我們起煥一定也還在等著，等著回來和我們見面！」

「當然，一定是這樣的。」金俊南溫柔地附和著。

然而，日子一天天過去，朴佑熙已經不知道這是第幾天，也不知道現在過得到底都是些什麼日子了，只知道眼前的救難船來了又走，利達港的天黑了又亮，官方統計的獲救人數不再更新，反觀是罹難人數不停地攀升，可是在這其中，依舊沒有金起煥。

看著外頭的物資不斷地湧進郡島、湧進利達港，有一瞬間朴佑熙還誤以為她要一輩子都待在這個港邊了，但事實上，不也就是這樣嗎？要是金起煥一直找不回來，她就會一直守在這個港邊，又或者這是個條件？只要金起煥能夠找回來，要她一輩子都住在這裡，那又有什麼關係？她只要金起煥回來……真的只要金起煥回來……

二〇一四年四月二十六日，下午一點，官方證實罹難人數為一百八十七人，獲救人數為一百七十四人，失蹤人數為一百一十五人。

搜救工作持續地進行著，救難船又再一次地從遠方緩緩地駛向港邊，一百一十五名失蹤者的家屬們全都擠在一起，焦急地等待著救難船靠岸。事到如今，好像也只能期待著從船上被帶下來的，會是自己的孩子，除此之外已經別無所求了。

朴佑熙也排列在人群中，等著船上的屍體被運送下來，只是當一名走在最前方的母親，經過一具屍體身邊的時候，傳出了無法抑制的哭聲，跟在隊伍後頭的朴佑熙和幾名家屬們大概也明白，那個孩子被認出來了，是別人家的孩子。

可是當朴佑熙再一次仔細地聽著最前方那名母親的哭聲，卻頓時渾身顫慄。她的呼吸變得很困難，只能依賴著大口喘氣，才能勉強維持氧氣的取得，她撥開了人群，用盡全身的力量，好不容易來到了最前方，來到了那名母親的身邊。

卻怎麼樣都不敢、都難以直視那個被送下船的孩子……

第五章

習慣想起

金起煥的左手摀住雙眼，無法直視眼前的情況，只能勉強讓右眼從指縫中偷窺，然後發出了可怕的叫聲：「呃——啊——呀——」

「怎麼樣，有抹平嗎？一定要抹得均勻一點，曬起來才會漂亮喔！」佐安推著一台上面架著多層隔板的推車，在一旁略顯緊張地盯著金起煥手中的作業。

隔著手套傳來的奇特觸感，讓金起煥不禁咬著牙，緊繃得頻頻確認：「呃——這樣可以了吧、可以了吧？夠平嗎、夠平嗎？」

「可以了可以了，這個就先這樣，你小心不要踩到它喔！那裡還有，我們趕快過去！」佐安推著推車，在偌大的草坪上奔跑了起來。

「還、還有？」金起煥驚訝得睜大眼，臉色鐵青地看著手套上沾滿的濕黏液體，忍不住皺起眉頭，哀怨地嘆了好幾口氣。

這時傳來了佐安在遠方呼喚的聲音：「起煥，你在幹嘛？快點過來幫忙把這幾塊牛糞餅放到推車上！這些牛糞曬得剛剛好，動作不快點不行喔！」

金起煥倒抽了一口氣，壓抑著滿肚子的憋屈，奮力地奔向佐安，「來了來了！」

在炙熱的陽光下，翠綠的草地上除了有正在悠閒吃草的牛群，和滿地的牛糞以外，還有推著載滿牛糞的推車，不停繞著牛糞打繞的佐安與金起煥。

不像佐安只要負責控制好推車的方向和平衡，戴著手套的金起煥必須要在一坨又一坨新鮮溫熱的牛糞，與一塊又一塊平扁乾燥的牛糞餅之間來回奔跑。他一邊將充滿水份的牛糞壓扁鋪平，由著太陽盡情地曝曬，一邊還得將曬了好幾天的牛糞餅小心翼翼地捧起，擱置到推車的隔板上。

看著推車上一層一層的隔板都確實放滿了牛糞餅，佐安既高興又滿意地點點頭，稱讚著滿頭大汗、辛苦了一整個上午的金起煥：「起煥，你做得很好！多虧有你，今天大家都有足夠的牛糞可以用了，剩下的，就明天再來吧！」

「明天還要來？」金起煥兩眼發昏，跌坐在地上，前所未有的經歷讓他連連哀嚎：「之前也沒聽說要撿牛大便啊，而且牛大便都已經是大便了，為什麼還要撿來用啊？還撿這麼多要分給全村的人用，是要怎麼用啊？」

知道金起煥是真的累壞了，佐安也不急著趕路，只是陪他坐在草地上，詳細地說明：「牛糞是村子裡最主要的燃料喔！但在變成燃料之前，要先把它含有的水份全都曬乾。剛剛要你把牛糞抹平是為了加速水份的蒸發，而且圓餅狀的牛糞也比較好掰開，讓人比較好拿捏扔進火堆中的份量。起煥啊！這個島上的東西都是原有的，在無法離開島、無法再從外面取得的情況下，每一個物種都變得非常地珍貴，如果做不到讓它們增加，那至少也不能讓它們再減少，最好最好！所有的產物都能得到最大值的利用，這樣作為人，才能夠表達我們對它們的感謝，感謝它們讓我們過得充裕且安穩！」

「充裕嗎？」金起煥歪著頭認真地思考著，殘留在身上的疲倦感也消散了不少，「這麼說起來好像也是，從我到這個島上來，倒也不曾覺得缺少過什麼。」

「這表示你很知足，表示你很樂於接受新的生活，表示你……」佐安抿著唇，欣慰地笑著說：「過得很好。」

「唉——但就算是這樣，要我每天挖大便還是很難接受欸！」金起煥忽地向後仰躺，還差點壓到草皮上的牛糞，讓他嚇得趕緊側過身，可是也沒停止嚷嚷：「要是有瓦斯還是煤炭什麼的就好了，一定會方便很多！」

佐安嘲笑著：「都已經在島上生活過一段時間了，到現在才覺得也有不方便的地方嗎？」她撇過頭眨眨眼，略感哀傷輕聲地說著：「大概是因為正值愛玩，對任何事都感到好奇、熱愛挑戰與生命的美好年紀吧……」

沒有聽見佐安的喃喃，金起煥吵鬧地打滾著：「啊——因為之前沒有叫我挖大便啊！挖大便真的很讓人感到不方便欸！不過這是大家都要輪流做的工作，只有我一個人不做的話，那也說不過去對吧——」

雖然語氣中充滿了排斥，雖然行為中充滿了抵抗，但金起煥似乎也很能理解這份工作的公平性，在考慮過大環境之後，看來是打算要認命地接受事實了。不管從哪個方面去看、去想，金起煥都是個貼心、肯為別人付出的好孩子呢，很清楚這一點的佐安，將金起煥的模樣映入了自己的眼中，然後露出了宛如暖陽的微笑。

佐安起身，重新把推車調整好方向，準備隨時可以推動出發，「好了，起煥，我們趕快回去吧！這裡的太陽就留給牛糞去曬，人要是曬得太久，可是會昏頭的！」

金起煥虛脫地爬了起來，又回頭環顧了一次草皮，「不過那些牛不用趕回去牛舍裡嗎？人曬了會昏頭的太陽，牛應該也曬不了吧？」

「趕牛是別人的工作，等一下時間到了自然會有人來，而且就算現在要把牠們趕回去也趕不動，因為牠們還沒有吃飽呢，所以不用擔心！」佐安推著推車，偕著金起煥踏上了回家的路。

才走沒幾步路，金起煥就立刻接過推車的把手，讓佐安兩手空空，只要負責走路就好了。他一邊推著推車，一邊嘮叨著：「有人這麼用心替牠們加工大便，這麼心存感激地使用牠們的大便，而且還提供這麼多草給牠們吃到飽，沒吃飽還可以不用回家，這些牛過得真好，我也想當牛。」

佐安聽著金起煥的碎唸，笑著附和：「是是是，我們的『起煥牛』真是辛苦了，那麼今天中午想要吃什麼呢？」

金起煥嘻嘻笑著，下意識地脫口而出：「都好啊！不過媽，妳不要煮泡麵喔！每次中午只要看妳煮泡麵，我就知道妳又懶得煮了！」

不知道從哪裡升起一份期待，期待著有人會用熟悉的聲音回應：「唉唷——兒子啊！你知道媽媽很懶啊，將就一下吃泡麵不行嗎？媽媽煮的泡麵超——好吃的喔！」

突然佇立的腳步讓金起煥怎麼樣也走不動了。他知道他想起的那個聲音不是佐安的，可是關於那個被他叫著媽媽，也自稱是他媽媽的人，有著什麼樣的臉孔、什麼樣的身形，他卻一點都想不起來，只知道那個聲音很熟悉，非常地熟悉。

佐安在等著，等著金起煥那不知所措的目光和她對上的時候，她就像個金起煥期待的「媽媽」一樣，輕輕地點頭允諾：「嗯！聽你的，不煮泡麵！」

雖然，佐安允諾的，和金起煥習慣聽到回答，不太一樣。

以為是自己多心了，從佐安的回答中回過神的金起煥，繼續推著推車往前走。他半瞇起眼睛，打量著佐安說：「不過，妳知道什麼是泡麵嗎？這個島上有泡麵嗎？」

佐安聳聳肩，竊竊笑著：「當然是不知道啊，而且島上也沒有那種東西，所以聽你的，不煮泡麵！」

兩人一來一往的笑聲，從草坪一路蔓延到了家門口，接著他們一起吃了一頓沒有泡麵的午餐。就算沒有一如往常被熟悉的耍賴聲說服，就算端上桌的不是超——好吃的泡麵，金起煥也還是笑著，依舊笑著。

❋ ❋ ❋

島上沒有電，一旦入夜，能依賴的就只有星光、月光還有火光。不管在這裡生活了多久，金起煥還是無法習慣這種沒有路燈照明的夜晚，所以如果沒有什麼特別的事，他是絕對不會輕易踏出屋子的。

因為，金起煥怕黑。

金起煥一手緊緊地抓著油燈，他的眼睛除了用來看路，大部分的時間都落在這盞油燈點燃的火光上，彷彿那點小小火苗比他的性命還要重要，萬一火苗熄滅了，他的命也要跟著結束了；另一手則是緊緊地環著威旬的手臂，為了配合威旬的身高，他還特地彎著腰、屈著膝蓋走，整個人幾乎是黏在威旬的身上，一刻也不能放開，一刻也不敢放開，覺得只要能抓住威旬，就先安心一半了。

縱然是個涼爽的夜晚，但兩個人緊貼的皮膚還是難免黏膩、悶熱，這讓威旬一心只想要把牢牢巴住他的金起煥推開，不過他越使勁，金起煥就抓得越緊，兩個人只能不停地推拖拉扯，誰也不讓誰。

最後在幾度差點摔跤之下，威旬終於受不了，厭煩地說：「唉唷！你這樣拉著我是要怎麼走路啊？」

「所以我說為什麼偏偏要到了晚上才要出門工作啊？現在連路都快要看不到了，到了那裡還看得到東西嗎？還有，如果早就知道工作還沒有做完的話，白天光線這麼好、時間這麼多，幹嘛不說啊？」金起煥的腦子和眼前都是一片黑，他只能不停用抱怨來消除緊張。

在天都黑了大半之後，金起煥才突然從佐安那裡聽說還有工作要做，而且要跟他一起出門的人不是佐安，是威旬。金起煥雖然在屋子裡又吵又鬧、試圖反抗，但他很快地就因為門口傳來了威旬的敲門聲，被佐安掃地出門了。

和金起煥的焦躁不同，威旬一副老神在在地說著：「佐安姐姐沒有跟你說過嗎？隧道的工作只有晚上才可以做啊！」

「佐安是有說過，但沒說為什麼只有晚上才可以做，只說了隧道的工作你做得最好，所以要我跟你一起去。不過隧道都已經是隧道了，都已經這麼黑了，這種時間去到底是要做什麼啊？」金起煥賊賊地噘著嘴，瞄了威旬一眼，「既然佐安都說隧道的工作你做得最好了，那你一個人去不行嗎？」

威旬沒有說話，卻突然停住了腳步。金起煥當然也跟著停了下來，但他完全看不見，也不知道這裡是哪裡，於是他提高了手裡的油燈，把上下左右都打量了一回之後，大概猜出了他們佇立的地方，是隧道的入口。

金起煥來過這個隧道一次，不過是在白天，而且是和佐安一起來的。那次的經驗簡直只能用慘不忍睹來形容，因為這個隧道無法從入口直接看到出口，裡面的路歪七扭八不說，就連腳下踩的也全都是碎石子路，很難走、很複雜、很黑。

那時候被拖進隧道的金起煥，又哭又吼地叫了一整路，佐安沒有辦法，只好每走一段路就在隧道兩側的燈台上點起火光，這才勉強讓金起煥冷靜下來。但儘管是這樣，金起煥也沒能和佐安一起走到隧道的出口，甚至連出口的輪廓都沒有看到，就一路連滾帶爬地逃回了入口處。

而據說那些為了金起煥點燃的燈台，主要是用來應付緊急狀況的，基本上已經好幾年沒有人使用過了。村子裡的每一個人幾乎都能閉著眼睛走完整個隧道，哪裡會像金起煥叫得像是世界末日、逃得像是被鬼追殺一樣誇張。

威旬抬頭看了身旁的金起煥一眼，然後在油燈微弱的火光下，露出了一個天真無邪的微笑。金起煥搞不懂威旬這個莫名其妙的微笑是什麼意思，只覺得這個笑容讓他有點不安，覺得好像有什麼出乎意料的事就要發生了。

果然，在下一秒，威旬甩開了金起煥的手，拔腿就衝進了隧道裡，把金起煥狠狠地甩在後面。

雞皮疙瘩佈滿了金起煥全身的肌膚，他小心翼翼地呼吸，小心翼翼地轉著眼球，小心翼翼地看了看前面的隧道，還有後面那條回村的路，但無論是前面還是後面，全都黑得不像話，讓他往前走也不是，往回走也不是，只能站在原地發呆，動彈不得。

不過仔細想想，比起要一個人走回村子，跟著威旬對金起煥來說，絕對是更好的選擇，只是當金起煥回過神，準備跟上威旬的時候，威旬的腳步聲早就已經從隧道裡消失了，讓他忍不住狂奔大叫：「威、威旬！等等我啊——」

金起煥也顧不得隧道裡全是凹凸不平的石子路，就這樣大步大步奔跑著，任由一雙腳踝被拐得亂七八糟、扭得隱隱作痛，那也不比怕黑的恐懼還要讓他操心。但這樣跑著跑著，凌亂的腳步也終於背叛了金起煥，讓他踩了個空，整個人向前撲倒，不但把手上的油燈甩飛了出去，就連僅剩的火苗也在瞬間熄滅。

身體的疼痛感變得強烈，再加上被隧道、被黑暗包圍困住，金起煥真的覺得自己就要死了，只好緊緊地閉著眼，大聲地哀嚎著：「威旬！威旬你在哪裡——你有聽到嗎？有聽到的話就快點過來找我——我求你——」

這時，不知道從哪裡傳來的敲打聲，讓金起煥誤以為是威旬聽到了他的聲音，正往他的方向趕過來，於是他又安心又高興地睜開了眼睛。雖然在睜開眼睛之後，他看到的並不是威旬，可是映入眼中的景象，也同樣讓他完全忘記了對黑暗的懼怕。

彷彿是天上的星星全都掉進了這條隧道裡，它們附著在牆上，用點點閃爍的星光，驅趕著令人畏懼的漆黑，同時也注入著全新的光芒。它們一路延綿，沒有盡頭，始終像微笑般地閃耀著，指引著每個在這條隧道裡前進的人。

金起煥平躺在石子路上，對於這樣的光景不敢置信，回想上次和佐安一起來這裡的時候，並沒有看到這樣的東西，但隨後又想起了佐安為他在隧道裡燃起的燭光，大概是因為這樣，在那個時候才會錯失了這樣的美麗吧。

任由驚訝持續了好一會兒，金起煥才爬了起來，他拖著拐傷的腳，扶著牆壁緩緩地前進。在這樣的微光照亮之下，他心裡的惶恐與不安正急速地褪去，甚至情緒一轉，還對這條隧道產生了好奇，讓向前邁出的每一個腳步，都帶上了滿滿的期待。

威旬站在隧道的出口，輕輕地刮著隧道的壁面，那閃亮的礦屑紛紛落下，隨著空氣飄著轉著，沾黏在威旬的身上。紅的、藍的、黃的、綠的……七彩的礦屑讓威旬看起來宛如綻放的煙火，美得讓人目不轉睛。

「哇——世界上居然有這麼好玩的事，我一定要跟炳修說！」金起煥忍不住驚呼。

不知道是不是從隧道的遠方傳來的，一道熟悉的聲音突然在金起煥的耳邊響起：「起煥，你找我嗎？」

金起煥猛地回頭，滿是興奮、不加思索地回應著那道聲音：「對啊！炳修你快來！」但回過頭，長長的隧道裡，什麼都沒有。

金起煥望著空無一人的隧道發愣，口中不停喃喃著張炳修這個名字，感覺有點迷茫，因為他不太明白，這個能被他輕易喊出的名字……究竟是誰的？

第六章

好的壞的

在隊伍最前端大哭的人是崔秀晶，而被她緊緊擁在懷裡的，是張炳修。

和金起煥情同兄弟，宛如就像是她第二個兒子的張炳修就在眼前，朴佑熙的一顆心簡直是碎得無法直視。她哽著一口氣在心頭，心情激動得彷彿下一秒就會崩潰大哭，卻還是咬著牙，用渾身的緊繃勉強撐著。

朴佑熙伸出手，想要摸摸張炳修那張被海水泡得浮腫的臉，可是卻先碰上了張炳修穿在身上的救生衣。

實感，看著張炳修冰冷的遺體，摸著逃難用的救生衣，朴佑熙這才對所有可能會發生、即將會發生的事，全都有了實感。但她難以理解的是，為什麼張炳修明明穿上了救生衣、已經穿上了救生衣，還是沒有辦法從那艘大船、從那片無情的海中脫困？是無法脫困，還是遲遲等不到人去幫他脫困……

金起煥是不是也是這樣？

朴佑熙心急地穿梭在人群之間，穿梭在從這艘救難船上送下來的遺體之間，因為這艘救難船既然能載著張炳修回來，那麼，應該也很有可能會把金起煥一起帶回來。

雖然朴佑熙也不敢想像，如果金起煥真的是這樣被送回來的，那該怎麼辦？

在現場人員的協助下，朴佑熙不知道把孩子們的遺體看過幾次了，但是沒有就是沒有！這艘救難船載著十幾、二十個孩子，她非常確定裡面沒有一個是金起煥。縱然不想，但朴佑熙就是無法輕易放棄從這些遺體裡找到金起煥的機會，於是她念頭一轉，衝向了港邊，不停地找著剛剛載著張炳修回來的那艘救難船。

見到一批又一批的潛水人員正在港邊休息、喝水，朴佑熙立刻上前，一個一個追著他們詢問：「請問您有看到我們家起煥嗎？」、「請問您有看到我們家起煥嗎？」、「請問您有看到我們家起煥嗎？」……

同樣的問題不知道問了幾遍，但得到的答案全都一樣，沒有人有看見金起煥。

最後朴佑熙找到了那個發現張炳修的潛水人員，劈頭當然又是一陣問，只是這次充滿了寄託與哀求：「請問您有看到我們家起煥嗎？他和您在客房裡發現的那個孩子——炳修的感情很好，兩個人不管做什麼都會在一起，所以在您找到炳修的地方，應該也會有我們家起煥才對。請您幫幫忙吧！可不可以在同個地方再確認一次？請您幫幫忙吧……」

就算在這種緊要的關頭，也必須因為自己的無法做到，只能這樣無能為力地去請求著別人的幫助，只能這樣無能為力地表現著自己的無能為力。

潛水人員一邊輕拍著朴佑熙的肩膀安撫，一邊堅定地告訴她：「這位太太請您放心，救人是我的工作，我一定會全力以赴，把您的孩子給帶回來的！」

朴佑熙終於忍不住流下了滿滿的淚水，比起政府的滿口保證，潛水人員這麼簡單的一句話，更能讓人感到溫暖與安心。她願意相信這個人，願意把在這個事件中，曾經交付於政府與媒體，卻被狠狠背叛的信任，再一次地託付給眼前的這個人。

張炳修的遺體被送進了在郡島臨時設置的靈堂裡，裡面一張張排列整齊的照片，無論是大人還是孩子，全都是曾經待在祈敦號上的人，全都是從祈敦號裡被帶回來的人，而現在，張炳修的照片也在那裡了。

看著崔秀晶哭得痛不欲生的樣子，朴佑熙其實很矛盾，她是崔秀晶的好朋友、是張炳修的姨母，她知道崔秀晶失去了孩子很不好受，也很清楚自己為了張炳修的死心裡難過，但怎麼說，她也還是個失蹤者的家屬啊！

光是想到自己的孩子還下落不明，朴佑熙就不知道現在到底是該替張炳修哭、替金起煥哭，還是替整天受盡精神折磨，已經快要熬不住的自己狠狠哭一回，又怎麼還有心力和勇氣去安慰崔秀晶，或者是面對張炳修的死訊呢……

結果，什麼都做不了的朴佑熙，最後也只能一個人縮在這個大靈堂的一角，一臉茫然地任由各種痛徹心扉的哭聲迴盪在她的耳邊。

金俊南摟著朴佑熙，本來想要帶她離開，因為怕她在這種環境下撐不了多久，但後來想想，朴佑熙也不是這麼容易就可以挪動腳步的人。既然金起煥還沒有找到，那麼就先讓她在這裡陪著平常親近的崔秀晶和張炳修吧。

依偎在金俊南的懷裡，朴佑熙失神地說：「知道那艘船載著炳修回來的時候，秀晶好難過，整個利達港都是她的哭聲，哭得我的心都慌了，我沒辦法裝作沒聽見，可是我又不知道該怎麼辦。還有炳修那孩子，一張漂亮的臉被水泡得又腫又脹，從前老是唸他太瘦的那副身子，也都撐大了兩倍，再也不瘦了……再也不瘦了……」

載有張炳修的救難船靠岸的時候，金俊南和張成宰正在物資分配的現場幫忙，所以沒有在港邊待著，沒有看到那艘救難船，更沒有陪著朴佑熙和崔秀晶面對這突如其來的噩耗。兩個男人為此都感到有些愧疚，所以現在就盡可能地陪著，盡可能地給予妻子們最大的安慰與幫助，雖然他們面對張炳修的死亡，也一樣不好受。

「至少孩子回來了。成宰和秀晶還能見到孩子，也算是不幸中的大幸了吧……」金俊南雖然說得平靜，但其實心裡五味雜陳，在慶幸好友能夠找回兒子遺體的同時，也不得不想起自己的兒子還浸泡在那冰冷的海水裡。

「是不是很痛苦啊？炳修他……被水嗆得不能呼吸的時候，是不是很痛苦啊？在知道自己已經快要活不了的時候，是不是很痛苦啊？我們……我們起煥，是不是也和炳修一樣，不能呼吸，然後、然後就活不了了啊……啊……」

每多說一句，朴佑熙的心就痛得快要窒息，空氣也稀薄得難以呼吸，再加上情緒引發的顫抖和抽噎，讓她說的字字句句聽起來都像是在哀嚎、在求饒。這段話除了填滿了一個母親的心碎與無奈，其它的什麼都沒有，如果真的還想要再加點什麼，也許就是母親想要代替兒子死去的心情吧。

金俊南咬著牙，強忍著滿眶的淚水，不停地搓著朴佑熙的肩膀，「不會的！不會的！我們起煥一定還在哪裡等著，等著我們去救他，等著哪一天可以回來我們身邊！」

朴佑熙哭得滿臉淚水，每個哭聲都在說明著她的極限，「什麼時候，到底是什麼時候！我們起煥才能等到有人去救他？我去問過那艘救難船上的人，他們沒人看到起煥，就連那個找到炳修的潛水員也說沒有看到，沒有、一個都沒有！全都沒有！如果連在炳修的身邊也找不到起煥的話，那我們起煥到底會在哪裡？他們真的可以找到他嗎？」

「可以的！可以的！妳看那些救援工作不是都還在進行嗎？他們既然可以找到炳修，也一定可以找到起煥的，我們要相信他們！」金俊南好像只能用這種毫無根據的話，去逼朴佑熙相信、逼自己相信，因為其實他也很害怕，怕要是連這種信念都無法相信的話，他們夫妻倆真的會在郡島倒下。

但在經過碎裂，好不容易鼓起勇氣，再次去面對與懷抱的希望，在幾天之後又迎來了讓人不知所措的衝擊。

二〇一四年五月六日，一名擁有二十三年經驗的潛水人員，在水深莫約二十四公尺處進行搜救作業的時候，身上的氧氣管不小心被引導繩纏住，潛水護目鏡也在掙扎的過程中掉落，沒多久，便與指揮中心的通訊中斷，完全連繫不上。

潛水隊立刻派出兩名潛水人員下水查探，卻在海面下二十二公尺處發現他昏迷在繩索旁，雖然之後確實將人救上岸，施予急救並儘快送往醫院，但這名潛水人員還是不幸身亡。

得知這個消息的家屬們，一個個全都眼神空洞、呆滯不已，他們只是期盼著心愛的家人可以回來而已，從來就沒有想要誰為此犧牲生命……

直到今天，官方證實了有兩百六十七人遇難，三十五人下落不明，而獲救者的數據連提都沒有提到，幾乎是在變相地告訴大眾，已經沒有生還者的這個事實了。

❋ ❋ ❋

二〇一四年五月十四日，事故發生後的第二十九天，祈敦號的船體開始面臨了崩塌的危險，但水下的搜救工作依舊在進行，此時的罹難人數增至兩百八十一人，仍有二十三人下落不明。

政府事故對策本部的簡報提到，官民軍聯合搜救隊在今天凌晨派出的十八名潛水人員，針對祈敦號三層的船尾、四層的船首和船尾，以及五層的舵艙等區域展開搜尋，可惜沒有取得顯著的成果。

並且強調，由於今天事發海域的水流湍急，預計搜救工作會面臨不少困難，但官民軍聯合搜救隊仍然打算投入一百三十九艘艦艇、三十六架飛機、四十二艘民間船隻展開海上搜索，同時，還將派出十七艘海上防災船進行清除漏油的防止汙染作業。

從張炳修的遺體被送回來開始，朴佑熙就一直待在大靈堂裡，時時刻刻陪著遊走在崩潰邊緣的崔秀晶，也時時刻刻為她最親近、最疼愛的孩子打理著後續的瑣事，已經好幾天都沒有去利達港等待救難船靠岸了。

朴佑熙不敢去利達港。

身為失蹤者的家屬，朴佑熙雖然將所有的一切都寄託在潛水人員的身上，時時刻刻都期盼著金起煥的消息，可是她也不敢去面對那些為了尋找金起煥還在拼命，甚至已經丟了性命的潛水人員。所以即便她焦慮、急躁，但她也只能自私地什麼都不說，因為她無法開口請求潛水人員放棄搜救，更無法放棄金起煥。

大靈堂裡永遠都迴盪著悲戚的哭聲、吼聲，讓人心也不得不跟著沉悶。朴佑熙整天都浸泡在這樣的環境與情緒裡，在不知不覺間，也漸漸變成了另外一種樣子，一種麻木、恍惚，被掏空的樣子。

不過今天待在大靈堂裡的朴佑熙和崔秀晶，看起來卻有些不同了，因為從前在小區裡，幾個常和金起煥和張炳修玩在一起的哥哥姐姐們，全都來了。他們全都為了看看張炳修、為了等待金起煥的消息，還有為了陪伴朴佑熙和崔秀晶而來了。

本來他們各自都在不同的城市就讀大學、實習，或者是工作，在聽到載著金起煥和張炳修的祈敦號發生事故之後，彼此就主動連繫著，準備要一起到郡島一趟，不過金俊南夫婦還有張成宰夫婦當時怕影響到他們的生活，所以婉拒了他們的關心。

直到新聞反覆報導的罹難者名單上，出現了張炳修的名字，張炳修的遺體幾乎是確定被尋獲的情況下，各種震撼和驚訝難以言喻，按捺不住的焦急更是不停地擴散，他們一個一個全都認為，不來郡島一趟、不親眼確認一下，真的是不行了。

幾個年輕的孩子穿著正式的黑色服裝，站在張炳修的靈位前不發一語，雖然咬牙、嘆息這樣的小動作在每個人的身上都略略可見，但誰也沒有流出眼淚，誰也不敢在崔秀晶的面前流出眼淚，不過從一雙雙為了忍住淚水撐得發紅的眼睛看來，倒也不難想像他們的難過與糾結。

在這個大靈堂裡，放眼望去，守靈的年長者比年幼者還多，而一字排開的往生者照片，卻是年幼者比年長者還多。如果光是佇立在這樣的空間裡，就已經快要負荷不了的話，那麼，一直守在這裡的父母們、爺爺奶奶們、兄弟姊妹們，到底都是怎麼度過這漫漫長夜的？

在大靈堂附近的建築物裡，設置了一些餐桌，平常除了提供給家屬們休息、用餐之外，也用來招待那些，特地前來弔唁罹難者的人們。只是幾個孩子和姨母們久未相見，難得聚在一起，這一張由崔秀晶用心替他們張羅的飯桌，有誰知道竟會是在這種場合，又有誰會知道，竟會哀傷得讓人說不出半句話。

看著姨母們消瘦的身形，還有憔悴的臉龐，一向最貼心的韓昭賢實在是不忍心，儘管眼前只有幾樣素菜，那也是拿起筷子，一樣一樣添進了兩位姨母的碗裡，並且勸著：「姨母，我知道妳們現在一定沒有什麼胃口，但就當是為了炳修和起煥，請妳們多少也吃一點吧！炳修和起煥最心疼妳們了，千萬別讓自己病了！」

尹世亨扯著笑嚷嚷，盡可能地想要緩去現場悲傷的氣氛，「是啊是啊！姨母妳們不是老說我吃東西的樣子很有福氣，讓人看了就覺得東西好吃，也想要吃一口嗎？妳們要是沒有胃口沒關係，我先吃！看我吃了之後，妳們肯定就想要吃了！」

接著，尹世亨就往嘴裡扒了一大口飯菜，不但吃得津津有味，而且還頻頻露出好吃幸福的表情。尹世亨的強顏歡笑憑誰都看得出來，可是在場所有人都知道，這樣的強顏歡笑是必須的，無論是對兩位姨母，還是對這群不知所措的孩子們。

在一旁看著的申允智也拿起了酒瓶，把飯桌上一個一個空杯全都斟滿了酒，然後擠出了雖然還帶著傷心，卻無比堅強的笑容，看著姨母們說：「姨母，不如先跟我喝杯酒吧！妳們總說我跑得最遠，想要跟我喝一杯，都不知道要等到什麼時候。就是今天了！今天我哪都不去，就在郡島陪妳們喝個夠！」

申允智端起了酒杯，側過身就將酒杯裡的酒喝個精光，但眼眶裡的眼淚，卻好像又多了一些。

權念武也立刻端起酒杯，「欸——說到喝酒怎麼可以少了我！姨母姨母，妳們聽我說，我去外地唸書之後啊，酒量好了很——多！妳們都不知道我有多想要回來跟妳們炫耀啊！」

申允智瞥了權念武一眼，忍不住吐槽：「少蓋了你！你說的酒量好了很——多，該不會是從能喝三杯變成了能喝五杯吧？這樣還敢在姨母面前炫耀，不怕被笑喔！」

權念武不太服氣地反瞪著申允智，然後秀出了手掌，比了個大大的五，「對對對！

五杯！就是五杯！怎樣，我知道妳能喝五十杯，所以瞧不起我這五杯！唉唷——妳這個酒鬼！」

看著孩子們一如往常般地鬥嘴、愛笑，崔秀晶一張僵硬的臉，漸漸出現了變化。她深深地吸了口氣，雖然勉強提起了精神，但還是不免哽咽：「孩子們，謝謝你們專程跑到這裡來，我不知道該怎麼做才可以回報你們，可是我真的很感謝、很感謝……」

朴佑熙也是，怕一直這樣下去，孩子們會失望、會傷心，所以就忍著淚水，端起了酒杯，笑著開起了張炳修和金起煥的玩笑，「炳修和起煥那兩個孩子，要是知道我們背著他們偷偷喝酒的話，一定又會氣得說：『不是說好要等我們成年再一起喝嗎？』，然後把桌上的酒全都換成汽水……」

說不下去的朴佑熙，最後還是陷入了沉默。

但眼色很好的韓昭賢馬上接著說：「秀晶姨母，妳如果想要回報我們，那就好好吃飯、好好休息，炳修都在裡頭看著呢！妳要是不吃不喝，我們這些哥哥姐姐會挨罵的。佑熙姨母也是，多吃點、多喝點，這樣才有體力繼續等起煥的消息！」

申允智也跟著接話：「是啊是啊！炳修最囉嗦了，秀晶姨母要是不好好照顧自己，我們都不知道該聽他囉嗦幾天了！還有佑熙姨母也別擔心，我們都說起煥很皮，說不定是他故意躲起來了，等他回來了之後，我再替妳訓訓他，他以後肯定不會再這樣了！」

朴佑熙一邊輕拍崔秀晶的背安撫著，一邊也忍著自己的鼻涕和眼淚，苦笑地點點頭，「起煥他爸也是這麼說的，說起煥只是躲起來了，哪一天就會自己回來了，會回來的……」

一群人縱然傷心，那也是說著笑著，不敢輕易地跨過那條界線，就怕一個不小心，好不容易搭起的堅強又會夷為平地。孩子們就這樣在郡島待了整整三天，直到事情都耽擱，不得不走了，才勉為其難地和朴佑熙與崔秀晶道別。

離別的那一天，彷彿在驅趕前些日子的微涼一般，出了一個很溫暖的太陽。朴佑熙站在陽光下，感受著這樣的溫度，好像每每到了這個時候，她總是會特別地在意，因為出現變化的氣候就像是在提醒她，那個很重要的日子又快要到了……

是金起煥的生日，只是今年，朴佑熙的身邊……沒有金起煥。

第七章

賦子誕生

「生日，誰的生日？」金起煥好奇地問佐安，但一雙忙著做事的手也沒有停下來。放在金起煥和佐安面前的大木箱，被昨天金起煥和威旬從隧道裡帶回來的礦屑填得滿滿的，縱然外頭的天光正亮，但無論是一顆顆的碎屑，或者是薄淡的粉末，還是全都透著些微的光芒。

佐安一大早就準備好了幾十個手掌大小的布袋，並且在一個一個的袋口上，繡上了村民的名字。她要金起煥從這些大小不一的礦屑中，抓取一定的份量裝進布袋裡，然後用剪裁過的粗繩緊緊地將袋口緊束，這樣就完成了。

「威旬的母親——蓋婭女士即將要生產第二個孩子了。雖然我們會為了那個孩子的誕生好好慶祝，但孩子出生的那一天，不也是那個孩子的生日嗎？和誕生的慶祝不同，生日也應該要有生日的慶祝啊！慶祝那個孩子，平安健康地迎向了第一個生日。」佐安解釋著，臉上的笑容滿是喜悅與溫柔。

金起煥晃著手上裝滿礦屑的布袋，「所以這個是為了慶祝『生日』才準備的嗎？」

佐安搖搖頭，「不是喔，礦屑是為了『誕生』準備的。」

「啊——」金起煥恍然大悟地驚呼，接著得意地說：「一定是因為人的『誕生』只有一次，所以才需要準備這麼特別的東西吧！」

「人的『誕生』……應該不會只有一次。」佐安掂了掂手裡的布袋，看見了裡頭的礦屑正從縫隙中閃爍著，就像在對她眨眼一樣，「不過在面對每一次的『誕生』之前，至少也要讓自己得到應有的祝福與力量，這樣才可以『真正』地去面對誕生。」

金起煥歪著頭思考了很久，但還是不懂佐安話中的意思，「人的『誕生』，不會只有一次嗎？在誕生之後開啟了生命，然後就這樣過著日子，直到生命的結束……不就只是這樣嗎？在什麼時候，還有可以重新誕生的機會嗎？」

佐安笑了笑，「你剛剛不是說了『重新誕生』嗎？直到生命的結束，『接著』重新誕生，也就是『重生』。起煥啊，你要知道人生這條路很長很長，不是你想要停下就可以停下，更不是你想要結束就可以結束的。」

金起煥隨意地表達著他的想法：「嗯──妳的意思大概就是人生無常、生死有命之類的吧！這種道理我多少還是懂一點，也多少能理解妳把『重生』當作『誕生』的一部分。像是遇到什麼嚴重的挫折或災難，如果不重新開始的話，不管是生理上還是心理上，都會很難繼續下去吧？」

佐安抿著唇，語重心長地說：「可是起煥，一個人的重生有時候並不是為了自己，而是為了讓周圍的人變得更好、更有力量，你知道嗎？」

沒想到金起煥卻笑了，「這不是當然的嗎？如果重生了之後，只有自己一個人過得好，周圍的人沒有跟著變好的話，那選擇重生就一點意義也沒有了啊！」

佐安在鬆了一口氣之後，掛上了淺淺的微笑，她欣慰地看著金起煥，輕聲說著：「果然是個懂事的孩子。」

金起煥沒有發現佐安注視的目光，也沒有聽見佐安的細語，只是一邊哼著歌，一邊將礦屑填滿布袋，由著礦屑沾滿了雙手，樂此不疲。不過在幾次下來，金起煥卻皺起了眉頭，因為沾在他手上的礦屑，從來都不會停留太久，又或者，是無法殘留。

「佐安，我昨天就覺得很奇怪了，為什麼……」金起煥攤平了手掌，只見原本在手掌中央的礦屑像是受到排斥一般，紛紛向著兩旁滑出了手心，一點都不剩，「礦屑這麼喜歡黏在威旬的身上？我明明看他在隧道裡又跑又跳，但那些礦屑還是好好地黏在他的身上、好好地發光。妳再看看我，就算只是這樣安安靜靜地待著，什麼都不做，礦屑還是掉光了！」

佐安忍不住笑出聲，然後從大木箱裡抓起了一些礦屑放在自己的手掌心，那些礦屑也和在金起煥手裡的情況一樣，不一會兒就全都逃出了佐安的手裡。金起煥看著礦屑的變化，忍不住驚訝地瞪大了眼，但伴隨著驚訝而來的，是更多的不解。

知道金起煥望向她的眼神，正在等待一個解釋，於是佐安也如金起煥所願地說：「我說過隧道的工作威旬做得最好吧！昨天要是由我跟你去隧道的話，可是會連休息的時間都沒有喔！因為只要稍微停下來的話，好不容易收集在手裡的礦屑就會全都跑光，工作就等於白做了。這次進隧道工作是為了要迎接蓋婭女士的生產，必須要收集足夠讓全村分享的礦屑，如果只讓威旬一個人去工作的話，有點太為難了，所以我才要你去幫他，也順便要你去看看威旬在隧道裡的樣子。」

回想起礦屑附著在威旬身上，不時散發出迷人的光芒，金起煥又是驚嘆又是羨慕：

「我就是看見了威旬在隧道裡的樣子，所以才想要問妳啊。如果妳說隧道的工作威旬做得最好，是因為這個原因的話，那就表示村子裡只有威旬是這樣囉？礦屑只會黏在威旬的身上，是嗎？」

「是啊！」佐安回答得毫不猶豫。

但卻加深了金起煥的疑惑，「為什麼？」

「因為他是威旬，他本來就應該帶著光芒，不過我希望當他在你面前的時候，可以讓你感到驚喜、感到期待，最好還能讓你一直記得他那種樣子、記得當時的感覺，永遠都不會忘記。」佐安的話聽起來雖然像是在說明，但其實很模稜兩可。

金起煥擺著一張憂愁的臉，滿是問號，「忘是很難忘啦，可是我還是不太明白妳說的意思。」

「只要能讓你很難忘那就好了。」比起這樣的忠告，面對金起煥滿滿的疑問，佐安就只是笑笑，「其它的事情現在不明白沒關係，總有一天你都會明白的。」

「好吧！」眉頭一展的金起煥，倒也放寬了心，不再煩惱那些問題了。他隨口一問，話題又回到了誕生的身上，「這些礦屑應該是要在威旬他媽媽生產的時候送出去的吧？既然都已經在準備了，那就表示距離生產的時間已經不遠了吧？」

「大概再過幾天就會生產了。」佐安在眾多的布袋裡找到了繡著蓋婭名字的那一個，然後將它交到了金起煥的手裡，「這個，請你在蓋婭女士生產的那一天，親手交給她，也請你要第二個交給她！」

金起煥用雙手小心翼翼地捧著那個布袋，驚愣地說：「這、這麼重要的東西，由我交給威旬他媽媽可以嗎？不過妳說『第二個』交給她，為什麼是第二個？」

「因為第一個要接受祝福的人是她。」佐安拿起了一個袋口繡著「柚美」的布袋，也把它交到了金起煥的手上。

金起煥看著「柚美」這個名字，不免疑惑，「我記得村子裡，好像沒有人叫『柚美』吧，這個布袋是要我交給誰？」

佐安嘻嘻笑著：「馬上就有了，就在蓋婭女士的肚子裡啊！」

一時之間無法接受手上這兩個巨大的任務，金起煥還傻傻地愣了好久，但回頭想想，覺得能把裝滿礦屑、代表祝福的布袋交給初生的柚美，還有辛苦生產的蓋婭女士，他的嘴角又不自覺地揚起，充滿了期待。

❋ ❋ ❋

夜色被周圍的白光渲染，變得又淺又淡，不過卻還不到天亮的時候。

村子裡一戶戶人家都還睡著，都還沒點上燈，但佐安的家中早就空得不見任何人影了。一聽到威旬捎來的消息，佐安和金起煥就立刻起床，把填滿礦屑的布袋通通裝上了推車，然後提著油燈，匆匆地前往蓋婭女士的家，準備迎接柚美的誕生。

直到太陽升起，耀眼得讓人睜不開眼的時候，屋子裡也傳出了孩子的哭聲，而守在屋子外的佐安、威旬還有金起煥，三個人則是高興得緊緊相擁，一邊笑著叫著，一邊不停地在原地繞著圈子打轉。

佐安將繡著「蓋婭」和「柚美」的兩個布袋交到金起煥的手上，然後推開了大門，輕輕催促著金起煥邁出腳步。金起煥的神色看起來非常地緊張，握著布袋的雙手也不經意地顫抖，在這個陽光還沒照射進來，多少還是需要倚賴火光才算明亮的房間裡，金起煥手中的礦屑卻像在微笑一樣，閃著溫柔輕淡的微光。

終於，金起煥來到了蓋婭女士的床邊，而那個名為「柚美」的小女孩，就在他的眼前。被棉布包裹著的柚美像個蟲蛹一樣，一雙緊閉的眼睛看不出來漂不漂亮，不過不停蠕動的小小身軀，肯定是可愛的。

大概是覺得柚美的誕生很神奇，看著柚美微微勾起的嘴唇，金起煥忘了緊張，也跟著笑了。他將屬於柚美的那個布袋輕輕放下，然後用滿是歡喜和期待的心情說著：「親愛的柚美，歡迎妳來到這個世界……」

這時，蓋婭女士在一旁喚著：「起煥。」

金起煥一驚，連忙將另外一個布袋用雙手捧著，送到了蓋婭女士的面前，「蓋婭女士，這個是給您的。恭喜您，也辛苦您了！」

蓋婭女士高興地接過了布袋，但她會叫出金起煥的名字，好像不是為了索討這個布袋。只見蓋婭女士抱起了身旁的柚美，然後看著金起煥說：「你要不要抱抱柚美？」

「抱、抱抱柚美，我、我嗎？」對於這個要求，金起煥有些不知所措，因為柚美的身體實在是太嬌小、太柔弱了，萬一不小心弄傷了，那該怎麼辦？不知道該怎麼拒絕的金起煥，最後只好向身後的佐安，拋出了求救的眼神。

但和金起煥的焦慮不同，佐安反而是笑得輕鬆自在，「沒關係，蓋婭女士都這麼說了，你就抱抱柚美吧！」

金起煥聽從了佐安的話，從蓋婭女士的手中，小心翼翼地接過柚美，只是當柚美完完全全被金起煥擁在懷裡的時候，那些猶豫和擔心，全都被金起煥難以言喻的感動和喜悅取代了。

佐安和蓋婭女士相視而笑，在彼此交換了一個意義深長的眼神之後，佐安便將金起煥手上的柚美還給蓋婭女士，接著拉起金起煥的手就準備離開，「走吧！」

「走去哪？」迷迷糊糊的金起煥一個使勁停下了腳步，反拖住了佐安。

「這裡只是『慶祝』的開始。」佐安往門口的方向比了比，「你不會忘了我們好不容易打包好的『慶祝』，裝了滿滿的一車吧？我們先去把那些『慶祝』分送出去，順便通知大家中午要一起煮飯、吃飯，『慶祝』柚美的誕生。」

這才反應過來的金起煥趕緊附和：「對對對！既然是開心的事，當然要跟大家分享，也當然要聚在一起吃飯！那我們趕快走吧！」

這次反過來是佐安被金起煥拉著走了。

天色越亮，笑聲在空氣中就被分散得更廣了一些，更強烈了一些，人們真心地祝福著、高興著，真心地為了某個人的喜悅而變得喜悅。金起煥沉浸在這樣的環境裡，除了樂得不停地大笑以外，也從每個人回報給他的笑臉上，得到了一種滿足。

「啊——如果每天都有像這樣的好事，都能笑得這麼開心那就好了。」金起煥一邊推著空蕩蕩的推車，一邊回想起剛剛那些笑聲，心情好得不得了。

「倒也不是一定要發生什麼好事才可以，只要你願意的話，就算每天都過得稀鬆平常，那也是可以開心地笑。」佐安瞥了金起煥一眼，輕輕一笑又繼續說：「因為你又平安健康地過了一天，因為你在意的人又平安健康地過了一天。」

「這麼說好像也是。」金起煥認同般地揚起了嘴角，隨後又突然想起什麼，問著：「不過佐安妳是怎麼知道蓋婭女士懷的是女生？要繡在布袋上的名字可以先取沒有關係，但偏偏就取了一個這麼像女生的名字，萬一不是女生呢？」

佐安搖頭，果斷地說：「不會的，一定是女生。柚美在某種定義上，其實是為了你而誕生的，她有她存在的意義，也有她必須擁有這個名字的原因。」

「為了我？」金起煥遲疑了一會兒，然後放聲大笑，「哈哈……我在這裡生活也不過才幾個月，而蓋婭女士是在我出現之前就懷上柚美的，怎麼說柚美的誕生都不可能會是因為我啊！除非蓋婭女士早就預料到我會來這裡！」

「如果是呢？」佐安似笑非笑，曖昧地說著。

金起煥開玩笑地說著：「如果是的話，那能不能請蓋婭女士告訴我，接下來我會去哪裡？」

可是佐安卻收起了笑，或者該說，她笑不太出來，「這個嘛……」

這個問題最後在沒有解釋、無法解釋，並且兩個人剛好到了倉庫門口的時候，被佐安避開了。佐安把擱放在倉庫裡的食材一樣一樣分裝好，放上了推車，然後順其自然地把金起煥帶到了活動廣場，順其自然地和大家一起準備起午餐。

就這樣，金起煥沒有再繼續追問，佐安也沒有再提起，這個問題就在空氣裡慢慢淡去，輕得彷彿不曾存在過一樣，也彷彿……不曾被誰記得過。

也許是因為大家都聚在一起的緣故，活動廣場的氣氛非常地熱絡、非常地歡樂，就算為了完成午餐，手邊總有忙不完的事，每個人的臉上也還是掛著笑，一點都沒有疲倦的樣子。

不知道從哪裡先是傳來了歌聲，接著是用簡單的器具敲打出來的伴奏。人們一人一句哼著唱著，用美妙的音樂把一顆一顆美麗的心全都串連了起來，緊緊地相連著，看起來多麼地美好、多麼地無憂。

金起煥也用不輸給任何人的熱情，隨著節拍手足舞蹈、擺動著身體，只是在這一首明明沒有聽過的樂曲之下，似乎有另一首熟悉的歌曲穿透了金起煥的耳膜，喚起了他既熟悉又陌生的記憶。

在教室裡，有誰正用手機播放著那首歌曲，一首不論是誰，不論正在做些什麼，只要一響起，就能立刻引起共鳴的流行歌曲，而且每一個人都會唱，每一個人都很熟悉。到了副歌的時候，幾個男孩女孩更是匆匆排成了隊伍，開始跳起了舞蹈，金起煥當然也身在其中，就這樣自然俐落地和隊伍、和歌曲合成了一體。

那首歌，金起煥不但很會跳，還跳得很好呢！

第八章

遵守約定

安家的小女兒——安世娜的遺體被搜救船帶了回來，由她的父母親自護送到大靈堂。在這個過程中，無論自家的孩子是不是與安世娜同班，只要是同為坂戶高中二年級的家長，沒有一個人能夠忍住胸口的哽咽和眼角的淚水。

安世娜是個活潑開朗、充滿熱情，又很愛笑的孩子，同時也是七人男子團體——B&B的超級粉絲，其中最喜歡的團員是他們的隊長——禹敏權。受到偶像的影響，安世娜也變得很喜歡唱歌跳舞，常常一下課就在走廊上和不同班級的孩子們玩成一片，一起聽著B&B的歌，一起跳著B&B的團體舞，因為她夢想著有一天自己能夠像禹敏權一樣厲害。除此之外，她也常常這裡、那裡到處亂闖教室，到處在別人的班級裡串門子，要說全二年級的學生都是她的朋友，那也一點都不誇張。

而且不僅是學生，就連二年級各班的老師，還有學生的家長們也都對安世娜這個孩子印象深刻。老師們有時候還因為實在是太喜歡她了，乾脆直接和她的導師溝通，把她留在自己的班上一起上課；家長們則是熱愛聽見孩子們的笑聲，三三兩兩不時都會邀請安世娜和其父母週末一起出遊，感情非常地好。

總之，安世娜就像個小太陽一樣，是個充滿溫暖、人見人愛的孩子，可是這個宛如溫暖的陽光、人人都愛的孩子，如今已經失去了溫度，冰冷得再也不會笑，再也不能笑了。

安世娜的父親——安勝宗無語地癱坐在愛女的靈位前，原本握在手上的幾張票券，也在雙手不停地使力之下，出現了皺褶。

那是B&B五月份的演唱會門票，是安世娜在開始售票的第一天，好不容易買到的搖滾區座位，也是他們父女倆說好，等安世娜校外旅行回來之後，要一起去看的演唱會門票。

安勝宗永遠都記得那一天，拿到演唱會門票的安世娜有多麼地高興，她不停地繞著安勝宗打轉，又叫又跳地炫耀著手上的門票，彷彿像是得到了全世界一樣，那麼地滿足、那麼地興奮。但那個得到了全世界的小女孩，現在在哪裡呢？為什麼把安勝宗一個人留在這個充滿哭聲的世界，自己消失不見了呢？

無法接受，安勝宗完全無法接受……

事故發生當天，安勝宗也和其他人一樣，偕著妻子——趙尹淑在第一時間趕到了郡島，不過在這匆忙之間，安勝宗也沒有忘記要帶上安世娜最寶貝的演唱會門票。因為安勝宗相信這幾張門票，能夠在安世娜脫離險境之後，幫助她暫時忘記那些巨大的驚嚇和痛苦，並且能夠好好安撫她的情緒，成為她的力量。

可是沒有，一直到了這一天，除了安世娜真的承受了巨大的驚嚇和痛苦以外，其它什麼都沒有。安世娜沒有脫離險境，沒有看到門票，沒有得到力量，當然也沒有什麼需要被安撫的情緒了。

安世娜的大姊——安世苑看著父親痛苦的背影，再看看手上不停湧進訊息的手機，心裡的沉重讓她無法正常思考，更不用說有那個力氣去回覆手機裡滿是詢問安世娜的訊息了。

安世苑知道安世娜是B&B粉絲俱樂部的幹部，不管是應援活動還是送餐活動，每天都要和那些粉絲朋友們在網路上連繫，一起處理這些大大小小的雜務。只是在祈敦號出事之後，已經好幾天都沒有在線上看到安世娜，再加上打了電話也都找不到人，粉絲朋友們真的沒有辦法，才輾轉連絡上了安世苑。

就算身處利達港，安世苑也是一直等不到安世娜的消息，她能回覆給粉絲朋友們的，除了「等等」、「再等等」以外，其它的，無法回覆更多了。而今天不同了，安世娜找到了、回來了，但要怎麼把這樣的事實轉達給那些粉絲朋友們知道，安世苑卻是一點頭緒也沒有。

手機響起了鈴聲，安世苑瞥了顯示的名字一眼，是一個和安世娜一樣，在B＆B粉絲俱樂部擔任幹部，名叫申恩靜的孩子。聽說在粉絲俱樂部裡，申恩靜和安世娜的感情最好，兩個人常常繞著B＆B的話題聊天聊到天亮，不管有什麼活動也都是兩個人約好一起行動，就像親姊妹一樣。

安世苑還沒有做好心理準備，但捨不得隱瞞安世娜最珍惜的朋友，於是鼓起勇氣接起了電話，打算把找到安世娜的事告訴她，只是安世苑都還沒開口，電話另一頭的申恩靜卻已經泣不成聲了。

「嗚嗚……世、世苑姐姐，新聞報導的那個安世娜，真的是世娜嗎？拜託妳說不是！拜託妳！」申恩靜又哭又叫，拼命地否認現實。

「恩靜啊……」安世苑深深地吸了好大一口氣，緩過情緒之後才又慢慢地說：「妳聽姐姐說……」

也不等安世苑把話說完，申恩靜崩潰得直接打斷：「姐姐！世苑姐姐！如果妳不是要跟我說『那個不是世娜』的話，那就什麼都不要說！我只想要聽到姐姐說『別擔心！那個不是世娜！』，我、我只想要聽到這個！」

安世苑安靜了半晌之後，既無奈又哀傷地說：「……恩靜啊，對不起。」

「不要！不要！」申恩靜在電話那頭放聲大哭，邊哭邊責怪：「不是說好要一起去看演唱會嗎？演唱會的時間都快要到了，妳現在這樣是怎樣啊？妳怎麼可以這樣！我要跟妳最喜歡的禹敏權說，說妳都不遵守約定！壞蛋、壞蛋！安世娜妳這個壞蛋！」

知道申恩靜只是在說氣話，但安世苑還是輕聲提醒：「恩靜啊，別這麼做，世娜有多喜歡、有多崇拜禹敏權，妳不是知道的嗎？她一定不希望自己在禹敏權面前變成一個壞蛋，所以別說，什麼都別說，好嗎？」

申恩靜吸著鼻涕，允諾著：「知道了。那我找個時間過去郡島看看世娜可以嗎？」

回想起安世娜那張被水泡得認不出原貌的樣子，安世苑實在是不忍心，她強忍著眼淚，拒絕著：「不用了，郡島這麼遠，妳一個人來我不放心，而且妳不是還要上課嗎？等我們帶世娜回家之後，姐姐再過去接妳，這樣好不好？」

才剛安撫好申恩靜，掛斷了電話，安世苑的淚水就滑出了眼眶，好像怎麼樣也停不下來一樣，一直、一直地哭著。直到有個人突然靠近她，緊緊地摟著她的肩膀，她才立刻擦掉滿臉的淚水，佯裝鎮定地打起精神。

「跟那些孩子們都說好了嗎？」安勝宗知道從安世娜出事之後，B＆B粉絲俱樂部的孩子們就一直跟安世苑保持著連繫，事到如今，該說的還是要說。

安世苑咬著牙，艱難地點頭，「嗯……都跟恩靜說了，她會轉告給孩子們的，爸你就不用擔心了。」像是要驅趕安勝宗沉重的情緒，安世苑還故作輕鬆，玩笑般地說起：「一聽說世娜去不了演唱會，恩靜就說要跟禹敏權告狀，我讓她別說，要是真的說了，我們世娜該有多緊張啊！」

安勝宗低頭看著握在手裡的演唱會門票，沉默了好久之後才說：「世苑啊，等等去替我買些信紙跟信封，記得要買漂亮一點的，最好是世娜喜歡的顏色和款式。」

「爸爸是想要寫信給世娜嗎？」顯然偽裝的輕鬆敵不過沉重，安世苑一下子就又被安勝宗散發的感傷拉進了漩渦裡。但儘管如此，安世苑還是極力地想要撫慰安勝宗，於是她又抿起唇，忍著眼淚說：「那我可以多買一些嗎？我也想要寫信給世娜。」

安勝宗知道安世苑的用心，便也輕拍著安世苑的肩膀回應著：「嗯，那就多買一些吧！」

那天安家迎接了第一個失去安世娜的夜晚，家人們雖然都聚在一起，但誰也沒有辦法填補少了安世娜的空虛。安勝宗選了幾張安世娜可能會喜歡的信紙，然後在腿上墊了一些書報，坐在安世娜的靈位前安靜地寫著，他時而低頭寫字，時而抬頭看看照片中的安世娜，整個晚上都沒有再說過一句話。

安勝宗想說的，全都在信裡了。

❋ ❋ ❋

一個年輕的男孩在某個夜深人靜的夜晚，突然拜訪了設立在郡島的臨時大靈堂。他穿著參加喪禮的正式服裝，戴著一副裝飾用的眼鏡，雖然他已經盡可能地小心低調了，但那些遮掩不了的氣質與光芒，還是引來了不少注意的目光，造成了騷動。

偶像團體B&B的隊長——禹敏權來了。

在眾多的照片中，禹敏權好像一眼就認出了安世娜一樣，他毫不猶豫地走到了安世娜的靈位前，給安世娜獻上了他最深，也最真的心意。在得到了安勝宗的回禮之後，禹敏權立刻上前輕輕給了安勝宗一個擁抱，接著席地而坐，陪著安勝宗守在安世娜的靈位前。

「禹先生應該很忙吧？真是不好意思，我不知道你還會特地跑這一趟，如果知道的話，我就不會寫那封信給你了……」安勝宗滿臉歉意地說著。

禹敏權急著揮手解釋：「不會不會！請安爸爸千萬不要這麼說，來這裡見世娜，是我自願，也是應該的事，絕對不是因為安爸爸寫了那封信的緣故。反倒是我這麼突然地出現，安爸爸還能讓我留下來陪陪世娜，能讓我陪陪您，我真的很感謝。不過安媽媽不在嗎？我也想和她打聲招呼。」

「世娜的媽媽身體狀況不太好，這幾天來來回回進出醫院都不知道是第幾次了，像現在，不也還在醫院躺著嘛！」安勝宗嘆了口氣，無奈地說：「不過這樣也好，在醫院能夠好好休息，不必在這裡受累、煩心，只是我女兒得這樣兩邊照顧著，就要辛苦些了。」

禹敏權難掩擔心，「原來是這樣，請你們一定要多保重身體。」

「會的。」安勝宗勉強打起精神回應著，但不久後又垂著眼，失神地說：「世娜的姊姊跟B&B粉絲俱樂部的孩子們連絡過，孩子們都知道世娜去世的事，也都知道世娜沒有辦法去看演唱會了。一個名叫恩靜，平常跟我們世娜很好的孩子說，要把世娜不遵守去看演唱會這個約定的事告訴你，但怕世娜傷心，世娜的姊姊就要恩靜別說，什麼都別說……可、可是……怎麼可以什麼都不說呢？我、我們家世娜真的很喜歡B&B，真的很喜歡禹先生，也真的、真的很想要去看演唱會，只是她現在不能去了，不是故意不去，也不是不想去，就真的是不能去了。你看！」

安勝宗把已經握爛的演唱會門票交給禹敏權，「就連演唱會的門票也早就買好了，我沒有說謊，一切真的都只等著世娜校外旅行回來，我們就會一起去看的。我想如果連這些都不能告訴禹先生，不能向禹先生說明，不能讓禹先生知道世娜的心意的話，那、那我的女兒……我的寶貝女兒該有多難過啊？」

一個父親難以忍耐、崩潰痛哭的聲音迴盪在大靈堂裡，禹敏權輕撫著手上那幾張破爛的演唱會門票，眼角不禁也泛出了淚水。他雖然無法想像安勝宗這幾天在郡島的心情到底有多煎熬，但隨著氣氛的渲染，那種失去至親的椎心之痛，似乎也直穿他的心臟，讓他不停地顫抖。

禹敏權從西裝口袋拿出了一封信，用雙手捧著遞到了安勝宗面前，「安爸爸，這是我寫給世娜的信，希望您能代替她收下。」

安勝宗看著那封信，信封上的「安世娜」三個字，有著漂亮的字跡，還有著滿溢的真誠與用心。這是禹敏權親手寫的，安勝宗看得出來，也從不懷疑，但他無法接過那封信，只是點點頭看著安世娜的遺照說：「世娜在這裡，你給她唸唸內容，可以嗎？」

「可以。」禹敏權沒有猶豫地一口答應，然後取出了信封中的信紙，用溫柔的目光、溫暖的微笑看著照片中的安世娜，「世娜妳好，我是敏權哥哥。我知道妳很喜歡B&B，從來都沒有缺席過我們的演唱會，也從來都沒有缺席過我們的應援活動，不管我們到哪裡，都可以得到妳的支持，那種感覺真的很好。很抱歉必須要在這種情況下和妳見面，但我想如果能夠親自跟妳道別的話，妳一定會很高興，所以我來了，無論如何都一定要來，也無論如何都一定要親口跟妳道謝。謝謝妳，從B&B出道開始就一直守護著我們，對B&B來說，妳真的是我們最珍貴的人，所以從現在開始，就由妳最喜歡的B&B，還有妳最喜歡的敏權哥哥來守護妳和妳的家人，請妳不用擔心，就算去了遙遠的地方，B&B也會一直記得妳。

「至於妳一直想去的演唱會，敏權哥哥會替妳安排，妳只要像平常那樣，開開心心地跟著爸媽一起來就可以了，這樣妳做得到嗎？這很重要，敏權哥哥希望妳一定要來，所以可以請妳跟我做個約定嗎？千萬不要食言，因為這次的演唱會真的很精彩，好嗎？」

說完，止不住滿臉淚水的禹敏權向著安世娜的遺照比出了勾手的手勢，安世娜在照片中，反過來看著禹敏權的那一雙眼睛，好像是和禹敏權做好了約定一般，無比地晶亮透徹。禹敏權似乎也是得到了答案，心滿意足地點點頭。

和安世娜說好了之後，禹敏權就把全新的演唱會門票交到了安勝宗手上，「安爸爸，這是這次演唱會的首場，和世娜買的場次雖然相同，但位子有點不太一樣，希望您和安媽媽能夠帶著世娜一起來。」

安勝宗看了一下票卷上的資訊，有些慌張，「這、這是舞台正前方，VIP的位子？」

深怕安勝宗會拒絕，禹敏權一把握住了安勝宗的手，將門票牢牢地握在安勝宗的手心，「是的！這是我特地替您和安媽媽還有世娜安排的，請你們一定要來！」

感受到了禹敏權的堅持，安勝宗也不好推託，於是允諾著：「我知道了，我會跟世娜的媽媽一起帶著世娜去的。」

「真的非常謝謝您。」禹敏權充滿感激，感激安勝宗還肯給他一個願意替安世娜做些什麼的機會。

之後，禹敏權和安勝宗又聊了很多關於安世娜的事，兩個人無法平靜的心情化作眼淚，始終掉個不停。莫約在大靈堂待了一個半小時，也和安勝宗好好道別過了，禹敏權才像他一開始來到大靈堂那樣地低調、不想引起任何人的注意，也不想給安家帶來任何困擾一樣，悄悄地離開了。

演唱會那一天，安勝宗依照約定和趙尹淑一起，捧著安世娜的遺照出現了，不知道為什麼，本是該充滿期待與歡樂的會場中，總是飄散著一股哀傷的氣氛，也許是有一抹芳魂，正輕柔地徘徊在演唱會的現場吧。

粉絲俱樂部的孩子們都知道安世娜的事，也都知道禹敏權和安世娜之間的約定，所以在看到安勝宗和趙尹淑的時候，孩子們都爭相搶著要帶領他們到座位上，而且還非常用心地調整安世娜遺照放置的位子和方向，希望安世娜能用最棒的角度看到最完美的演唱會。

雖然在安勝宗和趙尹淑的面前，孩子們一個個都很努力地擠出微笑，但一看到遺照中的安世娜，還是免不了一陣心酸，紛紛掉下眼淚。不過這樣的眼淚當然不能讓安勝宗和趙尹淑看到，孩子們知道，所以拼命克制，直到轉身了、迴避了，才敢放心地哭出來。

終於，演唱會開始了，現場熱絡的氣氛和熱烈的應援沖淡了開場前的哀愁，所有人都全心全意地投入了演唱會中，當然，也包括了安世娜。安勝宗就守在安世娜的遺照旁，一雙眼睛總是不自覺地飄向安世娜，就算只是一張照片，他彷彿也能感覺到女兒興奮、開心的心情，彷彿也能真的看見女兒在笑。

在這場演唱會裡，禹敏權將自己SOLO的部分獻給了安世娜，在最後一段歌詞裡，他這麼唱著：「世娜啊，希望妳能聽到這首歌……」

第九章

擁抱脆弱

「我——聽——不——到——」金起煥站在一棵將近三層樓高的大樹上，奮力地向著一百公尺遠的另一棵大樹喊著。

過沒多久，另一棵大樹上就傳來了佐安微弱的聲音：「左——邊——」

金起煥這次對著樹下的人大吼：「左邊！左邊注意喔！」

樹林裡的大樹都長得很茂盛，本來放任它們自然生長也沒關係，但以前曾經發生過樹枝突然斷裂，掉下來砸傷人的意外，經過大家的討論，為了避免同樣的事情再發生，決定要定期修剪樹枝。

不過真的要修剪也不簡單，就像金起煥現在好不容易爬上去的大樹，足足有三層樓這麼高，除了要在腰間綁上一條爬樹用的繩索之外，還得在那條繩索上另外接一條安全繩索才行。

而安全繩索必須先掛到附近頗有高度的樹上，再拋到地面由另一個較為壯碩、有力的成年男子抓緊，這樣要是金起煥不小心從樹上掉下來的話，透過樹幹的支撐和成年男子的控制，至少也還有一個保障。

佐安在一百公尺遠的另一棵大樹上也是這種模樣，只是她爬到樹上不是為了修剪那棵樹，而是為了給金起煥的這棵樹確認接下來要修剪掉的樹枝。畢竟如果是想要讓大樹長得更好，那就只能修剪掉不必要的雜枝，可是金起煥爬到樹上之後的視野會變得很小，很難真的掌握住整棵樹的情況，所以這時候就需要從另一個方向觀看的佐安做出決定，並給予指示。

至於為什麼佐安會選了一棵一百公尺遠的樹當作基地，那是因為在金起煥的周圍，沒有一棵和他爬上去的樹有相同的高度，而佐安所處的那棵樹，認真說起來，已經是最靠近的了。

佐安和金起煥負責爬到樹上，其他的村民就依照人數分成了兩邊。守在佐安樹下的人主要負責佐安的安全、雜務的跑腿，還有觀察氣候或者環境的變化，以防有什麼突發的狀況；守在金起煥樹下的人要做的事其實也差不多，只不過還多了一樣──整理樹枝，他們會把修剪掉的樹枝一一分解，再根據不同的用途分類，最後運送回去村子裡。

原本站在大樹左邊的人，在聽到金起煥的聲音之後紛紛退開，直到確認樹下都淨空了，才又給金起煥喊了一聲：「起煥！可以了！」

金起煥大幅度地揮了揮手，向各方意示著他準備要開始了之後，就在樹幹與樹枝之間踩穩了腳步，同時也把手上的鋸子固定在樹枝上，由著鋸齒緊緊地咬進木頭裡。

接著金起煥使出了全身的力氣，來來回回拼命地拉動著鋸子，一點一點慢慢地將樹枝和大樹分離。直到一大片樹面漸漸鬆動、搖搖欲墜，就快要從樹上往下掉的時候，金起煥便高聲提醒著：「大家小心！要掉了、要掉了喔──」

被金起煥鋸斷的樹枝從三層樓高的地方墜落，伴隨著轟轟幾聲雜音，一下子就平躺在大樹下。確定沒有其它的掉落物和異常的狀況之後，在樹下的村民就抬頭向樹上的金起煥豎起了拇指，表示一切安好，金起煥也豎起了兩根拇指當作回應，心情看起來很好。

也許是樹枝掉落的聲音太過巨大，讓看不到金起煥的佐安不太放心，立刻又大聲地詢問著：「起煥——你還好嗎——」

「沒事——」金起煥盡可能誇張地搖擺著身體，好讓在遠處的佐安放心。眼看樹下的殘枝都整理得差不多了，金起煥又扯著嗓子問：「佐安——接下來是哪裡——」

就在佐安和金起煥一來一往的對話與行動之間，一棵茂盛的大樹也漸漸修剪成了俐落清爽的模樣。在樹下負責收拾殘枝的村民們雖然付出勞力、滿頭汗水，但一個一個都顯得很高興，因為這些樹枝和木頭的數量，已經足夠讓全村的人使用好幾天了。

這時佐安的聲音又從遠方傳來，「起煥——可以了——」

金起煥也大聲地回應著：「好——」

收到了修剪作業結束的通知，金起煥就開始把辛苦帶上樹的工具全都裝進包包裡，不過他也不急著下去，只是悠悠哉哉地坐在樹上等著閒著。因為這時候樹下到處都是殘枝落葉，到處都是忙著清理的人們，他怕這時候貿然下去會引起大家的注意，中斷工作，說不定還得要大家特地清出空間讓他落腳，與其這樣增加麻煩和困擾，不如等樹下收拾好了再下去會比較適合。

直到佐安帶著一大群人從另一頭趕來，加快了現場整理的速度，好不容易把卡在大樹邊的樹枝全部都清空了以後，佐安才對著樹上的金起煥喊著：「起煥！可以下來了喔！」

在眾人的關注下，金起煥靠著環繞在樹幹上的繩索，還有踩在樹皮上的雙腳，一步一步緩緩地移動，一步一步緩緩地下降。但不知道是不是太過疲勞的關係，金起煥一個失神居然踩滑了，雙手雖然緊緊地抓著繩索，可是過於緊張、失去抓力的雙腳一再地滑開，讓他整個人不停地下墜，並且與樹皮嚴重地磨擦。

見到這種情況，在場的人都嚇得紛紛發出驚呼，佐安更是緊張得直奔到繫在金起煥身上，那條安全繩索的另一端，和那個控制繩索的中年男子一起用力地扯住了繩子，將金起煥整個人懸在半空中，然後一段一段慢慢地鬆開，控制金起煥落下的速度和重量。

可是就在金起煥已經穩定下降到只剩一層樓高，所有人都以為他能安全降落的時候，那條安全繩索，居然斷了……

金起煥無預警地從一層樓左右的高度墜下，接著毫無懸念地迎來了一聲巨響。痛苦與糾結的表情瞬間浮上金起煥的臉，成為了他情緒的代表，輕聲細細的哀嚎也在他觸地後不停地繚繞，顯示著他的掙扎。

佐安第一時間衝到了金起煥的身邊，一邊察看金起煥身體的況狀，一邊確認金起煥的意識：「起煥！你聽得到我說話嗎？起煥！能聽到的話就回答我！」

「可……可以。」金起煥實在是痛得受不了，只能用孱弱的聲音回應著。

「能感覺到哪裡痛嗎？」佐安不敢輕易地觸碰金起煥的身體，就怕加深了金起煥的傷勢。

「痛……都痛，但腳……右腳……好、好像動不了……」金起煥說得有氣無力，就像是快要昏過去了一樣。

佐安小心翼翼地握住了金起煥的右腳，一路從腳踝、小腿、大腿往上確認，但在碰到小腿的時候，金起煥的反應最大，也最激烈。佐安馬上讓人從一旁的木頭、樹枝堆中，裁了兩塊與金起煥小腿長度差不多的木板，將他的右小腿固定住，接著用剛剛斷裂的安全繩索綑綁了起來，做好了即時的處置。

幾個人匆匆回村子裡搬運的擔架這時候也差不多到了，大家以減少金起煥的疼痛為最大目標，一股勁地就把他抬到了擔架上，然後在不引起太大的幅度與顛簸之下，帶著他用最快的速度回到了村子裡，回到了佐安家。

也不知道過了多久，原本迷迷糊糊的金起煥終於有了精神，他能感覺到動彈不得的右腳不時傳來的刺痛感，也能感覺到佈滿全身上下大大小小的擦傷，除了身體不太好、心情不太好以外，臉色看起來也不是很好。

看著固定在右小腿上的木板，金起煥垮著臉說：「砍下來的樹，原來是要這樣用的嗎？自己要用的樹自己砍，是這個意思嗎？」

雖然很擔心金起煥身上的傷，但他的態度還有莫名其妙的說法，還是惹得佐安哭笑不得，「當然不是！安全繩索斷了是個意外，但還好你不是從樹上直接摔下來，不然就真的慘了！」

聽不得這種像是風涼話的話，金起煥不滿地癟著嘴，翻著白眼故意說：「是啊！怎麼好端端的繩子，就突然斷了呢？還還在我快要到地面的時候斷掉，真是大發慈悲！」

太過明顯的無奈跟怨念飄散在空氣中，讓佐安忍不住大笑。她蹲下來，輕輕地敲了敲金起煥腳上的木板，「行動不便的人，不用做事！你就好好休息、專心休息、用心休息，直到你的腳好起來之前，什麼事都不用做，光明正大地偷懶幾天吧！」

「這樣……」金起煥盤算般地轉著一雙眼珠子，然後露出了有點奸詐的微笑，「好像也不錯。」

❋ ❋ ❋

但很快的，金起煥就發現這個交換條件對他來說，根本一點好處也沒有，因為金起煥就算不用工作，平常也是不能動、不能動，還是不能動。

剛開始幾天，金起煥連下床都很困難，更不用說是想要踏出屋子，給溫暖的太陽曬一曬了。後來傷勢稍稍好轉，勉強可以倚賴木杖走出屋子，但行走的距離如果太遠，腳就會負荷不了，到頭來，還是只能在屋子的前後打轉。

再加上這幾天村子裡有很多事要做，大家都很忙，沒有人有時間可以陪金起煥聊天說話，也沒有孩子可以陪他一起玩，除非是到了晚上用餐的時候，有些人會聚到佐安家一起吃飯，他才能勉強跟大家說上幾句話，否則從白天睜開眼開始，一直到晚飯之前的這一大段時間，他都只能靠自己打發。

咚！

金起煥悶著氣把手上的木杖往地上一摔，然後一屁股坐在屋子前的台階上，看著木杖默默滾遠，「哼！連木杖都是我那天自己鋸下來的，還說什麼不是自己要用的樹自己砍！而且說是要給我偷懶『幾天』，要等腳好起來的『幾天』，少說也要幾個月，整天都這樣自己一個人呆著，真的太無聊了，還不如跟大家一起工作！」

儘管一張嘴沒有停止過牢騷，那也無法緩和金起煥鬱悶的心情，因為他還是哪裡都去不了，只能高高地噘著嘴、抬著下巴，一臉無奈地望著天空。看看那萬里晴空，看看那鳥兒展翅，就連眼前被風吹得滿天飛的落葉，都比他自由快樂多了，金起煥一個哼氣，奮地起身，撿起了剛剛那根被他甩遠的木杖。

「不管了！我今天一定要出去走走，一定要離開房子，一定要吸到跟這裡不一樣的空氣——」金起煥在喊出了充滿意志的決心之後，就杵著木杖一拐一拐地離開了這個幾天以來，總是無法超出的活動範圍。

雖然一雙腳紮紮實實地踩在平穩的大路上，但對於一腳被支架固定住的金起煥來說，還是顯得行動困難，再加上所有人一大早就都到活動廣場集合開工了，這一路走來空空蕩蕩的，根本就遇不到半個人可以扶他一把。

可是沒有得到任何幫助的金起煥，還是用力地咬著牙，繼續往前走。他小心地保持著身體的平衡，專注地踏出每一個步伐，就算這樣的路途已經過遠，超出了他所能負荷的程度，讓他受傷的腳開始發疼、發痛，那也沒有看他停下來，當然更沒有什麼想要放棄，或者是想要回頭的想法。

活動廣場就在眼前，金起煥透過巷子狹隘的視線，正好看到了威旬因為拌到腳，跌了一跤，不過不出幾秒，從一旁出現的蓋婭女士就伸手扶起了威旬。蓋婭女士的臉上先是被緊張與擔心填滿，在確定威旬安好無事之後，目光一轉盡是溫柔，緊緊地將威旬抱在懷裡。

金起煥親眼看到了整件事的經過，一股莫名的惆悵突然撐脹著他的胸腔，而他的腳也在這個時候到達了極限。他一個恍神就抽空了力氣，不小心拐了腳步、踉蹌倒地，整個人摔趴在地上。

像是在哀悼自己不支的體力，也像是要把那些惆悵感吐出來一樣，金起煥不停地喘著氣，大口大口的、沒有停歇的。他翻過了身子，讓自己平躺著，透過窄巷的延伸，將那一片看似受到侷限，但事實上只侷限在自己眼中的天空收進眼底，同時也從發燙、發麻，而且還壓迫得幾乎快要炸開的右腿上，感受到自己的無能為力和脆弱。

一股情緒無聲無息地湧上，它先是紅了金起煥的眼眶，然後再帶著眼淚溢了出來。只是促使眼淚氾濫的原因，不僅僅是因為金起煥摔斷的右腿，還有在腦海中，悄悄竄起的記憶。

幾個模糊的影子在床邊圍成了一圈，躺在床上的金起煥，左手裹著紗布、懸吊在胸前，看起來好像受傷了，但他似乎不受傷勢的影響，也一點都不擔心，因為他正看著身邊的人，傻呼呼地笑著。

模糊的影子越來越清晰，印出了幾個男女的樣子。

其中一個女子愣愣地看著金起煥，笑得有些無奈地說：「唉唷！我們家起煥是不是撞到頭了啊？不然怎麼會摔斷手還笑得出來啊？」

另一個男子也是直盯著金起煥瞧，還不解地皺起眉頭附和著：「嘖嘖！看來真的是摔得不輕喔！」接著玩笑般地說著：「不如不要教起煥騎腳踏車了，以後都讓世亨載他就好了，你們覺得怎麼樣？反正世亨這麼壯，就算摔車了，也可以給起煥當墊背啊！」

被點名的世亨則是跳出來拒絕：「我才不要給起煥當墊背呢！」他伸手輕輕地戳著金起煥的手臂，「起煥！你自己吃胖一點、吃壯一點，這樣從腳踏車上摔下來就不會痛了！」

另外一個女子在聽完這些對話之後，忍不住出聲阻止：「好了啦！起煥摔斷了手，佑熙姨母不知道該有多擔心，你們還這樣鬧他！」然後又看著金起煥，溫柔地提醒著：「起煥啊！你一定要好好照顧自己，趕快好起來，不要讓姨母擔心，知道嗎？」

這個女子一說完，房門就被打開了，而原本圍在金起煥身邊的人也紛紛讓開，在床邊替那個剛剛進門的中年婦女留了一個位子。直到那個中年婦女來到了床邊，金起煥才看清楚了她臉上的表情，那是一種充滿了心疼和擔憂，卻又想要讓人感到放心，勉強擠出來的微笑。

中年婦女輕輕發聲，每一句都感覺得到她的小心翼翼，「起煥啊，還好嗎？要是覺得痛的話，媽媽去幫你準備止痛藥，好嗎？」

「媽——」金起煥只記得他喚了這麼一聲，後來的事就想不起來了。

「起煥，還好嗎？」佐安不知道什麼時候來到了金起煥的身邊，她擋住了金起煥仰望的天空，映入了金起煥那雙滿是眼淚的眼睛裡。

明明是看著佐安的，但金起煥的眼神卻渙散得對不上焦距。他的聲音裡充滿了疑惑和迷惘，「佐安妳覺得我的家人……也能看到這片天空嗎？」

佐安倚著牆，坐在金起煥的身邊，「想起什麼了嗎？」

金起煥眨了眨眼，露出了一種很不確定的表情，「嗯，好像是我的媽媽，還有一些跟我很親的哥哥姐姐們，在我受傷的時候，他們全都陪著我。我看起來像是摔斷了左手，和現在的情況差不多，可是看著他們的我……居然在笑，因為有他們在身邊，所以我才能笑。我想在我來到這裡，離開他們身邊的時候，他們，是不是也很擔心？是不是在這麼長的一段時間裡，因為不知道我去了哪裡，每天都到處在找我，每天都過得很不安穩？」

「因為受傷，讓你想家了嗎？」佐安的手輕輕撫上了金起煥的臉頰，替他擦去了溢出的眼淚，「既然是你的家人，當然會為了你的離開感到驚慌，不過你不也是一樣嗎？現在正為了你自己的離開，擔心著他們。」

「嗯，我很擔心他們，很擔心看到我受傷，也會強顏歡笑的媽媽，在看不見我之後……會變得怎麼樣？」金起煥閉上眼，再也看不見天空，再也看不見佐安，能看見的只剩下一片黑暗。

第十章

無法放棄

破爛的支架、猛烈的大火，還有宛如惡夢的一片黑暗。

聚在電視前，看著整個新聞畫面都被焦黑的濃煙給覆蓋的報導，家屬們只能沉默。朴佑熙也是，除了用沉默去包覆無力負荷的感受之外，她找不到別的方法去接受、去面對眼前這個太過殘忍的事實。

二〇一四年七月十七日，上午十點五十三分左右，一架直升機在市區內某棟公寓的人行道上墜毀，機上五人全部罹難，而在附近等車的一名高中女學生，也因為遭到碎片的波及受了輕傷。該直升機剛完成了祈敦號的救援任務，在返程途中，不幸失事墜毀。

金俊南坐在朴佑熙的身邊，兩個人一起看著報導，也緊緊地握著彼此的手。只是隨著報導的說明越來越清楚、越來越肯定，他就越能從朴佑熙的手上感覺到，那些不懂得停止、不斷加重的力道。

朴佑熙的臉色僵硬，淚水從眼眶靜靜地滑出，沿著臉頰一路到了下巴，最後滴到了金俊南的手上。金俊南一個轉頭望向朴佑熙，在那張明明什麼表情都沒有的臉上，竟然看見了滿滿的破碎。

「佑、佑熙啊……」金俊南本來想說點什麼安慰的話，但能喚出朴佑熙的名字，已經是他最大的極限了，因為他的心，也像那架直升機一樣，墜毀、焚燒，面目全非了。

「到現在，已經不求生死，只求能把我們起煥帶回來就好，這樣……還是很過份嗎？」朴佑熙說得很平淡，沒有激烈的反應或者是撕裂的哭吼，唯一看得出情緒的地方，就只有不停湧出的眼淚，「如果我的請求，會讓誰因此丟了性命，那是不是放棄請求，會比較好一點？可是如果我連為了我的孩子，用盡全力去請求也做不到的話，那我還有什麼資格做他的母親？」

抵擋不了朴佑熙言語中的無助與絕望，金俊南一閉上眼睛，淚水就全都被擠了出來，他明白朴佑熙的意思，但就是因為明白，所以才痛不欲生。一直以來，他都把自己當成是朴佑熙最後的防線，為了守住朴佑熙，無論如何他都不能倒下，可是現在……他連支撐自己的力量都已經快要沒有了。

是不是真的要在這裡打住？是不是真的要放棄金起煥？這樣的想法和念頭反覆地在金俊南的腦海中衝撞著，只是每認真思考一次，都像是從他的身上狠狠扒掉一層皮一樣，讓他變得血肉模糊。朴佑熙說身為金起煥的母親，無法不用盡全力，但他是金起煥的父親，金起煥是他的心頭肉，要他說放棄，難道就很容易嗎？

其實金俊南和朴佑熙會這麼糾結，是因為自五月六日，發生了潛水員喪命的事件開始，陸陸續續也都有傳出搜救人員在救援的過程中受傷，或者是不幸身亡的消息，但身為家屬們唯一的寄託，為了完成把船上所有的受困者全數救出的任務，搜救隊始終沒有停止行動。

只是隨著日子一天天過去，搜救隊員們除了得承受大量消耗的體力和心力，得接受難度越來越高的搜救以外，現在居然還得面對失去同伴的噩耗，那樣的折磨，已經不輸給在利達港邊，焦急等待的家屬了。

家屬們雖然很清楚救難隊的處境，但一想起還在冰冷的海水中，等待著誰伸出援手給予幫助的孩子們，也只能對救難隊抱著有多感激，就有多抱歉的矛盾心態，小心卑微地迴避著，盡可能地不要去碰觸。

隔天，二〇一四年七月十八日，搜救小組尋獲了一具女性遺體，而距離上次尋獲罹難者，已經是四個禮拜前的事了。搜救當局表示，這具女性遺體是在祈敦號的餐廳裡發現的，但由於遺體受損嚴重，目前還無法確認身分。

截至目前為止，罹難人數為兩百九十四人，仍有十人下落不明。

朴佑熙見過那具身分不明的女性遺體，也許是船身翻覆的時候曾遭受過撞擊，也許是長期泡在海水中，也許、也許……總之，那具遺體就像搜救人員說的那樣，受損得很嚴重，完全無法辨識。

如果不是已經被證實為女性，如果不是已經確定和金起煥無關，那麼就算把這麼一具遺體送到了朴佑熙的面前，盲目地說著那就是金起煥，說不定她也會相信。

因為朴佑熙認不出來，也沒有把握可以認得出來。

接下來搭著救難船回來的遺體，恐怕也都會是這種經歷過海水的侵蝕、浸泡，甚至是各種碰撞、擠壓，而導致浮腫、破損的樣子。親手養了十幾年的孩子，再一次見面，面目和身體可能會因為飽受摧殘變形，可能會讓她無法在第一時間肯定地喚出名字，朴佑熙不敢相信，也不能接受。

可是後來將近三個月的時間裡，救難船都沒有再帶過一個罹難者回來，一直到了二〇一四年十月二十八日，才又終於發現了一具遺體，這也使得罹難人數增至為兩百九十五人，還有九人下落不明。

然而一直困擾著金俊南和朴佑熙，一直令他們心驚膽顫的那一天，終究還是來了。

雖然家屬們不分你我，抱著絕不放棄任何一個人的意志，全都站在同一條線上，全都在等待著那九個人被尋獲的消息，但面對船體的崩塌、冬天的到來、洋流的改變，還有專家的建議等等不利的因素，作為家屬實在是不得不改變立場，替那些救難人員的生命安全著想。

主要是針對九名失蹤者的家屬，希望能以他們的同意作為停止搜救的開端。

朴佑熙和金俊南理所當然地也收到了詢問，他們知道只要放棄了金起煥一個人，就可以保障更多人的安全，可是放棄金起煥這件事，真的可以在一天、兩天之內就做出決定嗎？他們辦不到，所以就這麼拖著、擱著，想用他們無聲的反應，讓搜救繼續下去。

利達港邊已經吹起了寒冷的海風，海面下的溫度該有多刺骨，朴佑熙連想都不敢想，因為這一想，不但會想起金起煥的處境，還會一同想起那些救難人員必須抵抗低溫下水的困境。

「起煥啊……你告訴媽媽好不好？你告訴媽媽，應該要怎麼做才是對的？」朴佑熙望著遼闊的大海，卻找不到一個可以讓目光停留的方向，因為她不知道金起煥在哪裡，不知道她到底該看向哪裡，「媽媽愛你，很愛你，你知道的吧？你不要貪玩，快跟著那些叔叔回來，媽媽一直都在這裡等你，不管你變成什麼樣子，媽媽都一定會很用力、很用力地抱著你，讓你不再害怕！但如果你真的不想要回來，不想要讓媽媽看到你現在的樣子，那媽媽也會理解你。媽媽在這裡等你三天，如果三天後你還是不肯回來的話，那就到媽媽的夢裡來，跟媽媽見面吧！用你最好看、最漂亮的樣子……好不好？」

這一句約定捲進了空氣中，飄散在看不到盡頭的大海裡。

三天過後，朴佑熙沒有等到金起煥，連在夢裡也不曾見上一面，不過她也沒有因此真的鬆口允諾停止搜救，因為她不同意，無論如何，她都不願意放棄自己的孩子。只是在其他失蹤者的家屬，還有多數罹難者的家屬紛紛點頭，對停止搜救表達了同意的意願之下，立場尷尬的金俊南夫婦，也變得不得不尊重大家的意見了。

二〇一四年十一月十一日，祈敦號事故失蹤者家屬舉行了記者會，並推派出代表進行說明：「我們感謝這些日子以來，各方對我們的支援與協助，但現在我們要求官、民、軍聯合搜救隊，停止對祈敦號事故失蹤者的搜救行動。專家說，如果我們在冬天繼續進行搜救工作，可能會導致另一場意外，悲劇可能會再重演。所以，我們要求政府、特別小組、海軍、海上防衛隊、潛水員等，立刻停止所有水下的搜救任務。但！身為失蹤者的家屬，我們依舊期望政府在停止水下搜救工作之後，能夠想辦法找回剩下的九名失蹤者，能夠想辦法替我們找回我們的家人。」

蜷縮在會場一隅的朴佑熙，早就泣不成聲了。她承受不住內心的崩塌，不停地搖著頭反對著：「不要……拜託政府不要撤退，不要停止搜救，不要放棄……我的孩子……」

＊＊＊

沒有。

官、民、軍三方的救援組織離開利達港之後，這裡就什麼都沒有了，連在記者會上，曾經向政府提出，希望能用來繼續尋找剩下九名失蹤者的「其它方式」，當然也沒有。

船難家屬們能得到的，只有國家和政府的冷漠和背棄。

早在二〇一四年七月二十四日，祈敦號事故滿九十九天的時候，罹難者家屬就曾經走上街頭、徒步遊行，要求調查相關的事件。

由於過去沒有發生過這麼重大的事故，目前的司法體系不足以負荷，甚至已經產生了動搖，所以如果要解決這個史無前例的案子，就必須要制定一個前所未有的法案才可以。

距離總統府約十分鐘路程的明川居廣場，在那裡靜坐抗議的其中一位父親，面對記者訪問的時候這麼說著：「孩子死了，冤枉地死了，我們只是要求公開真相，有什麼好害怕的？只要把這個原因公開就好了！政府只會說這不是我們的錯，我們當時已經盡全力了，但狀況就是無能為力，所以錯不在我們，是其他人的錯！這樣的說法和推託，成為了調查上的限制。我們看到國會國政調查的過程，發現這不是我們想要的，發現這樣是沒有希望的，特別法要跨過調查權，連帶要求搜查權和起訴權才行，如果司法連什麼權限都賦予不了，就知道要釐清真相是絕對不可能的！」

民主社會聯會的律師，也對這樣的事件發表了看法：「事實上，國會的國政調查，並不具有任何效率，一切都只能依賴機關所提出的資料，可是這種做法，實際上又會因為政治鬥爭而模糊事端。所以對任何事情與案件，都必須透過強制力的搜查，以及有實效的調查，充分地確保與事件真相有關的根據和資料，再用這些資料來判定事實關係。為了克服上述的那些問題，我們一定需要這樣的程序！」

一名失去孩子、參與遊行的父親，充滿怨懟地表示著：「國家說沒有辦法保護我們的孩子，結果他們不是無法保護，是根本就不願意保護！什麼黃金時間？全都只有滿滿的謊話！」

只是在家屬公開要求政府制定祈敦號特別法，希望藉著賦予搜查權與起訴權等公權力的強制介入，調查船難過程和責任的時候，政府的立場卻顯得異常消極，朝野甚至還私下達成協議，排除賦予搜查權與起訴權。

再加上這時，輿論對船難的關心已經逐漸淡去，家屬們無論再怎麼示威抗議，再怎麼掙扎抵抗，也敵不過政府對公權力的阻撓與言論的封殺。

二〇一四年九月，家屬們以三步一跪拜的方式，計畫行進到總統府，向總統遞交陳情書，可是途中，卻遭到了警察的攔阻。

一名站在隊伍最前方的母親，看著警察以人牆擋道，阻止他們替孩子發聲，阻止他們了解真相，忍不住崩潰大喊著：「在這裡擋著我們、看著我們的，就是『警察』嗎？你們不是應該要保護孩子們的警察嗎？為什麼站在這裡呢？你們沒有孩子嗎？沒有姪子嗎？都不會想起自己的姪子，不會想起自己的兒女嗎？」

最後朝野協議通過的，是沒有搜查權和起訴權的特別法，而依照特別法所成立的「真相調查委員會」，不但預算被刪減，也遲遲無法運作。面對這個毫無作用、毫無幫助的特別法，家屬又再一次地陷入了絕望。

但其實關於政府那些「想掩蓋的真相」、「不能說的真相」是什麼，家屬們心裡多少都有個底，因為在利達港等待的那些日子，已經不知道聽說過多少「沉船的真相」了。

有人說是船隻本身故障；有人說是船隻突然轉向；有人說是船隻非法改裝，沒有依照規定，硬是擴充了第三、第四、第五甲板客艙的載客人數，導致重力中心提升了五十一公分，最後從內外傳來的壓力過大，造成了船隻的翻覆。

而最讓家屬們無法接受的原因，是承載過重。祈敦號的載重評級僅為九百八十七噸，但船隻在離開蒲福港的時候，居然載了三千六百零八噸的貨物，而且船上的貨物沒有固定落實，以至於在船隻行駛晃動間，貨物全都偏向了一端，最後失去了重心，才會翻覆得如此快速。

甚至，根據民間救難隊的潛水員轉述，說事故發生的時候，因為透過媒體得知了全員獲救的消息，所以沒有在第一時間趕去現場救援。後來知道是誤報，匆忙趕到了現場，想儘快和官方的指揮人員進行整合，可是在「救援會議」裡應該要討論的事故情況和分配任務，官方卻什麼都沒有說。

官員們只告知了打撈人員就快要到了，要民間潛水員全數留守待命，然後花五分鐘吃完了一碗泡麵，就結束了會議，草草離開了。那樣的消極和不在乎的態度，讓一票民間潛水員全都看傻了眼，難以置信這就是這個國家的緊急機制，難以置信那些人居然是保護國家、保護人民的軍官。

而更驚人的是，好不容易派出的船艦，在抵達事故現場進行救援的時候，首先被他們拉上船、救出的人，竟然是拋棄祈敦號、拋棄所有乘客，只顧著自己活命的船長和船員。

是誰讓違法擴充的船隻，通過安全檢驗的？是誰讓承載過重的船隻離港的？是誰讓有問題的船隻，繼續行駛的？是誰的疏忽讓船沉沒的？是誰的漫不經心，讓孩子們葬身大海的？是誰誘導了這一切的發生？又是誰該負起責任？

要是這一連串的失誤和疏漏往上追查的話，勢必會挖出很多不能曝光的祕密，高等官員人人自危，誰敢真的把搜查權跟起訴權交到家屬的手上？

金俊南和朴佑熙偶爾也會和其他的家屬一樣，出席各種遊行、示威、抗議、訴求等等場合，但更多的時候，他們會回到利達港，因為他們的孩子，還在那裡。

政府不肯給予幫助，也不肯說出真相，身為沒有人可以依靠的失蹤者家屬，金俊南夫婦能依靠的只有他們自己，而且他們也相信，真正能給金起煥帶來希望和依靠，絕對不會放棄金起煥的人，從頭到尾也就只有他們而已。

金俊南夫婦一邊等待著沒有根據的奇蹟，一邊用自己微薄的力量尋找金起煥。他們有時候會租借利達港邊的漁船出海，到事故現場附近徘徊，看看有沒有什麼漂流在海面上的東西；有時候會到利達港邊、郡島邊，或者是幾個距離郡島較近的市區小鎮裡，發送印著金起煥照片的傳單；有時候會不論國內外，到幾個經過推算，確定和事故海域在同一個系統上的洋流邊，靜靜地等待著。

儘管機會渺茫，但金俊南夫婦絕不放過任何金起煥可能存活的機會。

看著這樣不知道盡頭、不停疲勞奔波的金俊南夫婦，身旁的友人出於擔心，難免會忍不住問一句：「你們總也是要照顧一下自己吧！一直做著這些不知道能不能得到結果的事，萬一最後什麼都沒有，還累出了一身病，那該怎麼辦？」

但朴佑熙只是搖著頭，目光裡滿是哀傷地說：「這些事就算沒有結果，還是要做！我怕如果我不一直這麼做下去的話，我就會失去等待孩子回來的勇氣……」

說完，朴佑熙的淚水奪出了眼眶，沿著她的臉頰緩緩滑下。

第十一章

洶勇浪潮

一滴雨水落下，滑過了金起煥的頰邊。

金起煥坐在門口，捧著一鍋豆子挑挑揀揀，他伸手抹了抹臉頰，發現是雨水之後，就趕緊拿著鍋子躲到屋簷下，同時也急著向屋裡大喊：「佐安！佐安——下雨了！快點出來收衣服！」接著又拿起了一旁的木杖，不停敲著屋前的台階，大聲嚷嚷著：「下雨了——大家快出來收衣服喔——」

佐安匆匆忙忙地從屋子裡跑了出來，先是把自家門前的衣服全都收了進來，然後套上了雨衣，往雨中奔去。以往碰到突來的大雨，金起煥才不會像這樣大吼大叫，他都是直接穿上雨衣，奔向村子裡的每個角落，趕著幫大家收衣服，也趕著收拾那些不能淋雨，需要曬乾的穀物和農穫。

但今天這樣的事，全都只能讓佐安一個人做了。

大概半小時之後，佐安回來了。她一邊脫下雨衣，一邊看著一臉不高興的金起煥，不免發笑詢問著：「是豆子長得不好，還是雨下得不好，怎麼臉色這麼難看？」

金起煥癟著嘴，拿著木杖敲敲固定在自己右腳上的木板，「是腳腫成這樣很不好！什麼都做不了、哪裡都去不了，就連下雨了也不能出去幫忙，只能坐在這裡挑豆子。」

「硬要拖著腳傷走這麼長一段路，腳也只能越來越不好啊！」佐安拿起了另一鍋豆子，坐到了金起煥身邊，稱讚著：「不過挑豆子也是一種幫忙，而且還幫了很大的忙喔！你要知道挑豆子這種事，不是誰都能做得像你這麼好的。」

「妳的意思是說，因為腳受傷，意外發現了我很會挑豆子的才能嗎？」金起煥半瞇著眼，哀怨地看著滿鍋的豆子。

「哈哈……這種說法也不錯啊！」佐安一轉口氣，溫柔地說：「起煥啊！不管發生了什麼好事壞事，或者是遭遇了什麼激勵挫折，一定都有它的原因。你看到的是『挑豆子』這麼微不足道的理由，但我看到的，是一段能讓你好好休息、靜心養神的時間。」

金起煥突然收起了表情，愣愣地望著眼前下個不停的大雨，默默地說了一句：「我拋下了家人來到這裡，也有它的理由嗎？」

本以為這個問題會讓佐安為難，但佐安卻毫不猶豫地說：「有喔！可是起煥，在你明白這個理由之前，你必須要先理解一件事，那就是有些事情不是你決定要，或者是不要的。就像你受傷的這件事，沒有人樂見它的發生，但它既然已經發生了，你就要學著去接受，並且從中找到成長的力量。所以，你不要太糾結『拋下家人』這一點，因為這麼嚴重的事，可能不是出自於你的意願，可是你會來到這裡，一定有什麼意義。」

「真的……可以想得這麼簡單嗎？」金起煥充滿愧疚地說：「我連我是誰、從哪裡來的，發生過什麼事都不知道，更不要說那些曾經在我身邊生活過的人，我一個都不記得。我叫不出他們的名字，認不出他們的樣子，甚至是我的爸媽，我也一點印象都沒有。有時候我會覺得，我一個人在這裡吃得好、睡得好，整天嘻嘻哈哈的，真的可以嗎？忘記了過去的事就算了，還從來都不積極地去回想，這樣的我，真的可以嗎？」

「當然可以！你在這裡吃得好、睡得好，整天嘻嘻哈哈的，表示你過得很好，而只有你過得很好，你所擔心的、牽掛的那些人，才會放心。」佐安說得理所當然，說得好像真的就是那樣，沒有任何懸念。

可是金起煥並沒有被說服，「但他們根本就沒有辦法知道我過得很好，不是嗎？」

佐安帶著柔和的目光，抿起唇微笑著，「起煥啊！不管他們會不會知道、能不能知道，你都要讓自己過得很好，讓自己處在最好、最安全的狀態，這樣才能讓他們放心。因為你不也是一樣嗎？期盼著、希望著那些在遠方的人，一定要過得很好，只有知道而且相信他們過得很好，你才會真的放心啊！」

金起煥無奈地嘆了一口氣，「唉——話雖然是這麼說，但我也不能確定他們到底過得好不好啊……」

「會好的！只要你願意相信，一切都會好的！」佐安輕輕地拍著金起煥的手背，一字一句都說得明朗而堅定。

午後，雨停了，但不知道從哪裡來的薄霧，也悄悄地瀰漫著。

所有人都趕著出門做事了，包括佐安也是，只有行動不便的金起煥還待在原地，哪裡都不能去，再加上有佐安的幫忙，幾鍋豆子早就挑完了，一時之間也找不到可以做的事。雖然擺脫不了無聊，但金起煥還是選擇坐在門口，一邊仰頭望著天空，一邊想著佐安剛剛說過的那些話，放任自己陷進這個過份安靜的環境裡。

除了從屋簷滴滴答答落下的雨水聲，還有到處呼呼作響的風聲以外，金起煥居然還聽到了從遠方傳來的浪潮聲。他有些驚訝地向著沙灘的方向望去，因為他從來就不知道在和沙灘有段距離的佐安家，竟然可以聽到海浪聲，當然，他也從來都沒有聽到過。

那海浪聲大概一直都在，只是金起煥很少碰到街上空無一人的時候，也很少碰到自己靜下心的時候，所以才沒有注意到這件事。而關於那些他想要想起的過去，其實也一直都在，只是在他的不積極與不上心之下，很難真的找回什麼。

金起煥不自覺地伸手抓住了一旁的木杖，接著就像是被吸引、被迷惑了一樣，也不管右腳的傷勢是不是已經嚴重得不適合活動了，硬是拖著紅腫的右腳、邁著步伐，穿過了薄霧，朝著傳來海浪聲的沙灘前進。

在右腳又開始發痛發麻、腫熱難耐的時候，金起煥終於來到了沙灘邊，但面對這一大片的沙灘，他卻又打住了腳步。因為必須倚賴木杖才能走路的金起煥，如果在這片沙灘上使力，木杖就會深深地陷進鬆軟的沙堆中，這樣一來，不但會讓他難於行走，也會加重他右腳的傷勢和負擔。

不過認真說起來，金起煥其實好像也沒有必須要穿過沙灘，靠近大海的理由。雖然他的確是追著海浪聲來的，可是為什麼而來，來了之後又該做什麼，他一點想法都沒有，所以，他只是靜靜地佇立在沙灘邊，遠遠地看著籠罩在白霧下，分不清楚是天還是海的景象。

可是霧氣籠罩的，不僅僅是那片天空和海洋，也籠罩了金起煥。

大雨和狂風帶來的影響還沒有退去，讓一波波襲來的海浪，一次比一次更加強烈地拍打在沙灘上。而伴隨這些浪潮而來的，是一種無預警撲向金起煥的凌亂感，那些意義不明的東西在一瞬間，全都灌進了他的腦袋，同時，巨大的浪花和沉重的海水也全都產生了實感，它們迅速地、無情地，讓人措手不及地吞沒了一切。

吞沒了所有金起煥在乎的，一切。

❋ ❋ ❋

在東倒西歪、亂七八糟的船艙裡，沒有一個人能夠站穩腳步，大家雖然都穿上了救生衣，緊緊地拉住了彼此的手，充滿信心地不停喊話打氣，但終究還是被臉上那些驚恐懼怕的表情給背叛了。

徘徊在耳邊的水流聲，說明著海水正從某些地方灌入，而且沒有停止，一刻都沒有停止，但對外界的情況一無所知的孩子們，依舊殷殷期盼著救援隊的到來，依舊相信著能夠和朋友們一起脫困、一起回家。

可是在所有人都抵抗不了重力，不得不平躺在天花板上的時候，經歷了漫長等待的孩子們，只得到了一個非常確定的結論，那就是，祈敦號已經完全翻覆了，而救難隊，誰也沒有來。

真正擁抱孩子們、迎接孩子們的，只有那些不停滲入、冰冷無情的海水。它無視孩子們的恐慌與不安，一步一步把孩子們可以存活的空間填滿，讓孩子們不管怎麼躲，都無法躲過它的追殺；它剝奪了孩子們的體溫，剝奪了孩子們的希望，剝奪了孩子們的呼吸，最後，親手埋葬了孩子們。

在這個過程中，孩子們為了活命，從這一個氣穴逃到了另外一個氣穴，直到水位來到了胸口、咽喉，再也無處可逃的時候，就拼命地沿著牆面向上攀爬。儘管一個一個爬到手指都折斷了、眼淚都哭乾了，那也是用盡全力，努力地想要活下去。

只是無論是誰，都沒有真的活下來；無論是誰，都沒有真的回到家。因為他們全都被國家、被政府，被那些明明有能力，卻滿口謊言的大人們給拋棄了。

淚流滿面的金起煥，終究還是禁不起這樣的衝撞，雙腳一軟，整個人就跪倒在地上，而瘋狂襲來的心悸，更是讓他只能靠著有一口、沒一口的喘息，才能勉強維持呼吸。

金起煥用力地抓住痛到幾乎快要碎裂的心臟，抽搐著身體，掙扎哀嚎著：「不要……不要……姜老師！炳修啊！朋友啊……不要啊！」

焦躁和驚慌的情緒，隨著金起煥的激動猛烈地擴散，它們毫不猶豫地堵住了金起煥的胸口、毛孔、血管，還有每一條神經，讓他就算一次又一次，努力地撐起身體，也沒有辦法輕易地站起來。

心急的金起煥最後只好伸長雙臂、用手爪攫住沙地，拖著身體拼命地向前爬。沙塵的沾黏、十指的擦傷、指甲的斷裂、膝蓋的破皮，這些金起煥全都感覺不到，他只是咬著牙，不停地向著大海爬行，可是當他爬過了整片沙灘，浪花也已經拍打在他身上的時候，他還是沒有停下來。

一波一波的浪潮推著金起煥，反覆地將他沖上岸，彷彿是在叫他回去，別往海裡來，但金起煥的意念，卻是要他更用力地撥著水花，更奮力地往海裡去。浸泡在海水裡的身體很沉、很重，全身上下都像被覆上了一層膜，無法自由地行動、無法掙脫，金起煥用勉強浮在水面上的口鼻呼吸，可是一想起在祈敦號裡等待的朋友們，就又忍不住撲騰、慌亂地扭動，硬是喝了好幾口海水。

「起煥！起煥——」佐安緊張得奔著腳步衝進了海水裡、游到了金起煥的身邊，然後一伸手就抓住了他的衣服，使勁地把他整個人往岸上拖。

岸邊有幾個跟著佐安追來的村民，一見到佐安帶著金起煥靠近，一個一個都急著上前幫忙，可是金起煥不願意接受任何的幫助，他大幅度地揮動著手腳，不讓任何人靠近他，在幾番折騰之後又翻了個身，再次爬向大海。

渾身濕透的佐安，攔住了金起煥的去路，她蹲了下來，輕輕撫去了金起煥的眼淚，用平穩且安定的聲音說：「起煥，你還記得你來這裡多久了嗎？那裡，已經沒有人了，你現在去，誰都不在了。你唯一要做的，就是好好地活著，這樣，他們才不會擔心。」

金起煥抽空了全身的力氣，任由臉頰貼在沙地上，默默地流著眼淚。他的腦袋一團混亂，一顆心被狠狠地擰住，彷彿只要再稍微用點力，就會支離破碎，「已、已經沒有人，誰、誰也不在了嗎？可、可是佐安……如、如果只有我一個人活下來了，這樣、這樣可以嗎？」

佐安撥著金起煥濕潤的頭髮，安撫著：「起煥啊，所有人都活下來了，你不用擔心他們，也不要讓他們擔心你。」

在沙灘上的人們，一個一個都看著金起煥、陪著金起煥，但金起煥用聲嘶力竭的哭吼去回應的，卻是那片藍天、白霧，還有不曾停歇的浪花。因為他無法計算那樣的距離有多遠、經歷的時間有多長，只是盼望著從那些遼闊、迷濛，或者是衝撞之中，也許還能找到一些埋葬在深海裡的訊息。

也許……

費了一些時間和力氣，幾個人終於安好地把金起煥送回了佐安家，在簡單的梳洗、整理，還有包紮之後，金起煥也終於能夠乾淨、舒服地躺在床上休息了。但金起煥並沒有因為這種舒適而感到高興，反而是心臟和脈搏的跳動，還有過份輕鬆自在的環境，讓他產生了嚴重的愧疚。

愧疚他完全不知道那些被他遺忘的人，在那些被他遺忘的日子裡，擁抱著多巨大的痛苦和恐慌；愧疚居然就只有他自己一個人，過得這麼好。金起煥面無表情地盯著天花板，空洞的眼神讓他看起來就像是在發呆，什麼情緒也沒有，但事實上，從眼角溢出的淚水和悲傷，從來都沒有停過。

佐安看著金起煥，抿起了溫柔而堅強的微笑，輕聲地說：「在這種足以影響人生的事故面前，允許自己軟弱，並沒有什麼不對，總是要給自己一點時間去接受、去承擔事情的重量。所以如果你覺得痛，那就大聲地哭，等到哭夠了，再來找讓自己站起來的方法就好了。」

金起煥緩緩地轉動著脖子，對上了佐安的視線和笑臉，「為什麼……佐安妳在我身邊的時候，永遠都是笑著的呢？不管是開心的、好笑的、溫柔的、堅定的，永遠……永遠都能笑著看我呢？」

「起煥啊，看著我的笑，你是不是覺得很安心？」佐安耐心地解釋著：「在遠方，有人正在為你擔心，這就是你必須要好好活著的原因，可是那場事故就像一個漩渦，一旦被捲了進去，就很難靠自己的力量脫困。為了不讓你溺斃，我代替那些在遠方的人拉你一把、給你力量，希望他們一心期盼的好結果，能夠真的發生。」

「好結果……」金起煥渾身癱軟，無奈地問：「妳說過所有人都活下來了，這是真的嗎？如果只有我一個人活下來了，這樣算什麼好結果？」

「所有人都活下來了，只是各自都用了不同的方式，各自都去了不同的地方而已。」佐安說著，又彎起了眉眼笑著，「起煥你也是，用你的方式活下來了，接下來，也要用你的方式繼續往前走，走向，遙遠的遠方。」

但這些話卻讓金起煥的心狠狠地顫動，因為他似乎明白了什麼。他愣了好一陣子，有些不知所措地問：「我從來都沒有懷疑過這個地方的存在，也沒有懷疑過我來這裡的原因，更不覺得這一切有什麼好奇怪的，但現在回想起來，全都需要懷疑、全都太奇怪了。佐安……這裡，是天堂嗎？我，死了嗎？」

「你覺得這裡是天堂嗎？」佐安問。

金起煥茫然地說：「只有這樣，才是最合理的吧？我沒有被救起來，其他人也沒有，我們全都和祈敦號一起沉沒了，一起沉進了那片又深又暗的大海裡……」然後，又突然鬆了一口氣，「但如果真的是這樣也好，至少不是只有我一個人活下來，還好不是……」

「在那艘困住所有人、最後沉沒的大船上，起煥你希望不要是自己一個人僥倖地活下來，但是你的爸媽是這麼希望的嗎？」因為有傷口，所以佐安只是輕輕地握住了金起煥的手，但在那輕微地觸碰中，卻傳遞了無數的能量，「不管是為了船上的朋友、你的爸媽或者是為了你自己，你都必須要往前走，因為你還活著，還在這裡活著。」

金起煥把手抽回，縮進了棉被裡，接著撇過頭，不再看著佐安。他忍著心痛與心碎，低聲喃喃著：「我還活著嗎？我不能接受，只有我一個人……」

第十二章

拒絕接受

二〇一五年四月一日，政府公佈了賠償方案，罹難學生每人賠償金額約台幣一千一百九十二萬元，罹難教師每人則是賠償約台幣兩千一百五十七萬元，但悲憤的家屬們拒絕接受賠償。家屬們在四月二日先是以落髮明志，接著四月四日，超過兩百名的家屬與抗議人士身穿白袍、手戴白手套，抱著罹難學生的遺照，走上街頭遊行，要求就真相進行獨立調查。

二〇一五年四月十六日，船難事故屆滿一週年的當天，全國都陷進了哀傷的氣氛中，約有三百多處同時舉行了紀念儀式，規模最大的活動地點在坂戶高中所在，以及孩子們成長的城市——仁德。那天下了一場大雨，可是數千民眾還是不畏風雨，紛紛前往掛滿學生遺照的祭壇，向死者哀悼致意。

一名失蹤者的母親說：「我們一直在等待，相信一定能夠找到我的女兒。我曾想過『某個人最後才會被找到，但如果那個人是我的女兒，那該怎麼辦？』，現在能找到我的女兒和其他失蹤者，是我唯一掛念的事。」

另一名罹難女學生的家屬則說：「想到在她生命走向結束的時候，曾如何思念她的爸爸、媽媽和家人，就讓我無比心痛。」

出席活動的罹難者家屬們，有的難過得大哭、有的低聲啜泣，有的懊惱地敲打著自己的胸膛、有的只是靜靜地看著孩子的照片，不發一語。他們一個一個都用自己的方式表達著對孩子和親人的思念，有位母親還在兒子的靈位前留下了字條，上頭寫著「我的兒子，盼你在天國幸福，媽媽好想你……」

金俊南和朴佑熙和其他家屬一起前往了利達港，在這個就算等過了一年，也毫無變化的港邊，看著為了孩子們舉行的弔唁儀式，忍不住掉下了眼淚。只是他們的眼淚不單單是因為這些年紀輕輕就失去生命的孩子們，不單單是因為被政府的無情所拋棄的家屬們，還有……在眾多的照片與姓名中，始終無法找到金起煥，也始終無法狠下心給金起煥的一個位置。

因為金起煥，還沒找到。

沒有親眼看到金起煥的遺體，金俊南夫婦絕不輕易承認金起煥已經死了，絕不輕易替金起煥準備一個靈位。可是也因為這樣，在弔唁儀式中，金俊南夫婦連一個可以寄託的依靠都沒有，他們只能不停地望著遠方，想著校外旅行那天，金起煥在出門前，和他們開心道別的模樣。

「起煥啊……起煥啊……起煥啊……」縱然想對金起煥說的話很多，但除了名字，朴佑熙似乎無法真的說出些什麼。她把那一片什麼也沒有的大海都看透了之後，失落地問著身旁的金俊南：「老公啊，如果……我是說如果，我們起煥真的找不回來了，那要怎麼辦？」

「都已經過了一年了，如果能回來，也早該回來了……」金俊南消極地說著，然後沉默了好長一段時間之後，才又終於開口說：「佑熙啊，如果起煥真的已經死了，那麼至少他不會再害怕，不會再痛苦了，不管他要去哪裡，都是自由的、健康的。但如果起煥沒有死，只是被海流帶到了某個地方，那妳也要相信，我們的兒子起煥，一定會好好照顧自己的！只有這麼想，才可以讓船難壓迫的妳、我，還有起煥，稍微喘口氣。」

在金俊南的這番話下，朴佑熙也沉默了。

朴佑熙知道，這樣的言語從金俊南的口中說出來，有多麼地不容易，也知道，其實對他們來說，這個答案一直都在這個事件的盡頭，是他們終究要去面對，也是最好的安排了，但她就是沒有辦法打從心底去認同。

因為朴佑熙還是不甘心，不甘心為什麼那個找不回來的人是他們的兒子，不甘心為什麼他們要比別人承受更多、更重的痛苦。

「可是如果我為了讓自己好過，改變了我的想法，起煥會不會以為是我不要他了？」

朴佑熙還在掙扎，她不能，也不敢真的順從金俊南說的話。

金俊南對上了朴佑熙的目光，非常認真地說：「起煥會想要看到妳現在的樣子嗎？他如果知道妳會變成這樣，都是因為他的話，妳覺得他會怎麼想？」

朴佑熙低下頭，埋進了金俊南的胸口，然後放聲大哭。因為她懂了，無論她是哭是笑都是為了金起煥，但如果金起煥喜歡她的笑臉多於她的哭臉的話，那麼，只要能讓金起煥開心，她也可以拚命地去笑。

只是，懂了是一回事，真的要朴佑熙這麼做，她做得到嗎？

總統和國務總理也各自前往位於利達港和仁德的聯合弔唁儀式會場，但家屬們拒絕讓他們祭拜弔唁，因為無論是真相、船身，甚至是孩子，全都還在海裡。政府雖然嚷嚷著說願意賠償、願意打撈船身，可是卻遲遲不肯面對家屬們迫切希望的調查權，還有官方實質性的責任，這讓家屬們無法接受。

晚間，家屬們發起了從明川居廣場，一路前往到總統府的遊行活動，這個活動得到了許多民眾的聲援，最後莫約有七萬人陪他們一起走上了街頭，陪他們一起度過了這個「約定之夜」。人們高喊著：「打撈祈敦號」、「保障和平遊行」、「找尋失蹤者」等等口號，並要求政府提出妥善的真相調查方案。

只是在總統府前等待家屬和民眾的，不是希望，而是不可跨越的封鎖線，還有一批又一批的鎮暴警察。

晚間十一點左右，警方實施了強制驅離，在對不願離去的示威者噴灑辣椒水和催淚液，同時逮捕了三名民眾之後，集會遊行者才逐漸散去，不過仍有八十名罹難者家屬在廣場前搭起了帳篷，並在帳篷內靜坐，沒有離開。

二〇一五年四月十八日，大批群眾又重新在明川居廣場外聚集了起來，示威者們甚至還有意進一步前往總統府抗議。警方不敢大意，出動了將近一萬三千名鎮暴警察控制場面，他們對人群架起了人牆、車陣，還使用強力水柱和辣椒噴物驅趕，過程中有不少人因此受傷、被逮捕，但人們沒有退縮，始終堅持著。

二〇一五年四月二十二日，官方通過了打撈祈敦號船體的議案，決定耗資九千三百萬至一・四億美元，將沉沒的祈敦號客輪完整地打撈出水。他們打算在國際與國內公開招標，選定負責打撈祈敦號的企業，同時擬定具體的打撈計畫，如果前置作業準備順利的話，打撈工作最快將於二〇一五年九月開始，而打撈時間最長則需十八個月。

同年七月十六日，O企業被選定為打撈祈敦號的優先合作對象，原因是他們提出的打撈方案，得到了官方高度的評價。方案計畫在祈敦號船艙內部注入空氣，使船體抬離海底後通過鋼架，接著連接起重船將祈敦號抬升至安全水深，再拖至半潛船塢，透過船塢排水作業將船體打撈出水。

官方認為該方案安全且不會對遇難者遺體造成二次傷害，如O企業成功得標，預計二〇一五年九月將開始清除殘油和防止屍體遺失作業，二〇一六年年初就會正式進行打撈，預計二〇一六年七月完成。

雖然這個計畫看起來很好，可是祈敦號的船體是在二十年前打造的，不但老舊還嚴重鏽化，再加上浸泡在海水裡的時間已經長達一年多了，在打撈的過程中，隨時都會有解體崩塌的可能性。

船體的破碎，可能會阻礙了解船難發生的原因，也有可能會讓尋找九名失蹤者變得更為困難。不過最重要的是，從事故發生至今，已經過了兩年了，政府這時候才開始著手打撈，這樣的效率對家屬們來說，實在是太慢，也太遲了……

＊＊＊

「前幾天，又有兩位生還的學生企圖自殺了。」代表生還者家長們挺身發言的孫秀善這麼說著。

就怕會引發連鎖效應，所以類似這樣的消息，不管是在報章雜誌還是新聞廣播上，全都沒有相關的報導，全都被國內媒體刻意封鎖了。

孫秀善一臉憂心，繼續說明著：「這兩名學生，性格都很開朗，但掩藏在心裡的事太多了，每天晚上都因為作惡夢難以入睡。兩週前，在精神呆滯與渙散的狀態下，他們拿著刀子試圖要割腕。他們其實都知道自己正在做什麼，可是就是無法自制。這兩個孩子，原本心理狀況看起來，是比我的孩子還要好的，現在都變成這樣了，不知道之後其他孩子會不會也步上同樣的結果。我們父母必須時時刻刻看著孩子，無法脫身了。」

孫秀善的兒子——丁泰源，是船難中首先自行脫逃的學生之一，他幸運地生還了，可是他的兩百五十位同學，卻再也沒有回來了。

回想起事發當天，孫秀善和其他的家屬一樣，在得知「全員獲救」的消息是誤報之後，就直接奔向距離事故海域最近的郡島。但慶幸的是，不久後孫秀善就接到了丁泰源打來的電話，說他已經在海警的救難船上了。

「我兒子是自己逃出來的，不是被海警救起來的！」孫秀善非常不屑，充滿鄙視地說。

因為多數師生還未被救出，學校無法正常授課，所以包括丁泰源在內，首先獲救的學生，全都暫時被安置在研修院集體生活，當時孫秀善也在那裡，陪著孩子們一起留宿。

一位不願意露面的生還者母親說：「那時候在研修院，他們無法唸書，只能透過電視，日復一日看著朋友的遺體被抬上岸，名字一個一個被打在螢幕上。他們都很生氣，卻不知道該怎麼做才好。」

「我們大人活到這歲數，到現在才參加幾次喪禮，可是我的孩子只有十八歲，已經奔了數十次的喪，全世界沒有一個人像他這樣。」孫秀善的眼神黯淡，不忍心丁泰源必須要承受的衝擊，「他睡不著覺、吃不下飯，而且哭了好久，每天每天都是這樣過的，就連船難週年了也一樣。」

在船難發生後，丁泰源只要獨處就會感到不安，心理狀態變得非常不穩定。孫秀善害怕丁泰源會不會因此做出什麼極端的事，所以無時無刻都必須要確認他在哪裡、正在做什麼。到後來孫秀善甚至決定辭去工作，只為了能夠好好地照顧兒子。

身為在船難中活下來的生還者，丁泰源儘管沒有受到皮肉的傷害，可是心理的創傷卻讓他的身體經常出現不明的疼痛，就算經過檢查沒有問題、不需要治療，但那種疼痛感還是一直糾纏著他，讓他感到痛苦。

現在，孫秀善每隔兩週就必須陪丁泰源到醫院的精神科接受治療，並且領取藥物處方。她說：「班上只剩二十多人，其他孩子們雖然也都回到學校上課了，但不只是泰源，根本就沒有人可以真的好好唸書，因為實在是唸不下去！」

比起學習、準備年底的大學入學考試，「學校」已經變成讓生還學生互相依偎、遠離心靈恐懼及創傷的地方了。

孫秀善苦笑著說：「泰源原本是想成為海洋警察的，但因為祈敦號事件，讓他的夢想都破滅了。因為在事發的過程中，那些海警並沒有盡到救援的責任，這讓泰源對海警產生了強烈的不信任感！後來他說：『不然試看看當一般警察好了。』，因為這樣，他似乎有意要認真唸書了，結果船難週年的時候，電視上播出了警察堆起高牆，對參與週年集會的群眾發射催淚液的畫面，他看到之後就說不想幹了！現在，他又要重新想過，未來到底該做什麼了。」

「我對這個國家已經不抱任何希望了。」孫秀善冷漠地說出了這句話，「作為母親，我們工作，也都拿出薪水繳稅了，但靠我們稅金過活的公務員和國家，在發生這種大型事故的時候，居然什麼都不管就跑走了，甚至也沒見他們積極做過什麼事！雖然我們經歷了這樣的事故，是事故中的受害者，可是我們依舊希望其他人未來能平安地生活。」

但政府至今仍未對這種大型事故的安全做出因應與改善的計畫，對船難生還者也未提供更進一步的關照，就連總統曾經承諾過願意提供一切的援助，也都不是事實。

再加上網路上到處充斥著攻擊、惡意，滿是輕蔑的留言，像是「他們要的只是錢。」、

「他們憑什麼能享有優待，予取予求？」、「他們活著回來了，真是僥倖。」、「我同意要補償他們的損失，但怎麼會是酌情安排？怎麼能說是因為這件事影響了學業？如果沒有發生這件事，他們可以考進這些名校嗎？」、「他們把朋友的死亡，當成了自己的機會。」……

面對這些針對生還學生的網路言論，一名罹難者的母親感嘆地說：「酌情安排不是由罹難或生還者家屬提出的，而是政府主動公佈的。雖然我的孩子已經離開了，但這些孩子能夠活下來，我們是感恩的，可是為什麼要由他們來承受這些指責呢？因為這些責罵，讓孩子們受到了很大的傷害，我們也覺得很心痛。」

根據二〇一五年發佈與通過的《祈敦號特別法實行令》，政府對船難生還者提供了五年的創傷治療支持，期限過後，則只支付撫慰金。但船難帶給孩子一生的重創，就連撫慰金未來也得用於創傷治療上，這樣的條件對大多數的家屬來說，其實是很嚴苛、很難負荷的。

而在網路的謾罵，還有支持與照護不佳的條件之下，受煎熬的不僅是父母，連生還的孩子們也是。

這群生還學生已經高三了，他們將在年底參加大學入學考試後，成為大學新鮮人，但孩子們害怕上了大學之後會遭到排擠，不敢說自己是來自於仁德，不敢表明畢業於坂戶高中。除此之外，部分媒體和網友對罹難者、生還者與其家屬的醜化、惡意攻擊，也都讓他們無法想像離開坂戶高中、離開仁德之後的生活會是什麼樣子。

「泰源那天問我：『我現在連警察都不想幹了，要做什麼才好呢？』，我回答他：『媽媽再怎麼樣也會弄個餐廳，讓你能承接，繼續生活下去，別擔心！』」孫秀善一邊說著，一邊忍不住流下了眼淚。隨後又難掩心中的怒火，悲憤地說：「這就是我們要面對的『現實』！所以看到那些惡意的留言，真是給我槍，我都想要把那些留言的人全都殺掉！我們的生活是如此地艱難、如此地迫切，因為我不能讓從船難中活下來的孩子成為罪人！」

無論是罹難者或者是生還者的家屬，都必須要承受來自政府的、媒體的、警察的，甚至是匿名者的壓力，但他們為了孩子，依然堅強面對。縱然每每談論起來，還是不免流下眼淚，但在悲傷的淚水流乾了之後，依舊會打起精神繼續作戰！

仍然有為數不少的民眾前往明川居廣場當義工、聲援他們，希望替他們打氣，盡一點棉薄之力。

一名罹難者的母親這麼說著：「這場戰鬥會繼續下去，因為我知道我們並不是孤軍作戰！」

第十三章

為愛翱翔

金起煥腳上的傷終於養好了，但是他卻不像從前那樣奔跑了。

佐安拿著準備好的午餐來到了沙灘邊，因為只有在那裡，才可以找到金起煥。她看著渾身濕透、頭髮凝著水滴的金起煥，就知道不久前，金起煥又被海浪打上岸了。

以往的朝氣和爽朗的笑聲，全都被金起煥回想起的記憶掩蓋了，取而代之的是低迷和痛苦的呻吟。儘管什麼傷都沒有，也常常見他抱著身體，莫名其妙地喊痛，再不然就是像現在這樣，趁著沒人注意的時候，一次又一次地衝進海裡，然後一次又一次地被海水沖上岸。

搶在佐安開口前，金起煥先說了：「佐安，我離不開這裡……」

「這裡是『網』，沒有可以離開這裡的方法。」佐安說明著。

「可是我一定要離開這裡！妳知道我一定要離開這裡的啊！」金起煥一手揪住了佐安的衣領，一手指著大海，焦躁地說：「妳看看那裡！只要通過了那裡，我就可以回到我原本生活的地方！我的朋友、我的家人，他們全都在另外一邊等著我！」

佐安鎮定地搖搖頭，「起煥，不管海的另外一邊有什麼，都已經不是你該去的地方了。」

「那我該去的地方到底是哪裡啊——」金起煥悲憤地怒吼著，雙腳一彎，就跪了下來。他抱著頭，放聲大哭，「佐安……我跨不過這片海，回不到那個地方，如果就這麼一直待著，我會瘋掉、會瘋掉的！讓我做點什麼吧，拜託！讓我做點什麼吧……」

佐安冷靜地拉著金起煥的手，要他抬起頭，「起煥，要不要試試看提爾訓練？」

金起煥雖然止不住抽噎，但也因為佐安手中的力量，平靜了不少，「……提、提爾訓練？」

「嗯，提爾訓練能夠鍛鍊你的心理，也可以分散你的注意力，只是它對於你身體上的折磨，可能會比你現在的狀況還要煎熬、痛苦，說不定還會讓你一整天下來，累得連一句話都說不了，讓你一碰到床，就馬上睡著了。這樣，你也承受得住，也沒有關係嗎？」佐安的眼神，透露著對金起煥情緒上的擔憂。

可是從金起煥眼中傳達出來的，卻是視提爾訓練為活路的懇切感。佐安也不再多說了，她帶著金起煥回家換了衣服，要金起煥先吃點東西，然後一邊簡單地說明著提爾訓練的內容，一邊用毛巾替金起煥把頭髮擦乾，之後，就一個人暫時離開了家裡。

過了一個小時，佐安推著裝滿石塊的推車回來了。她把金起煥叫到面前，在他的手臂、小腿纏上一圈又一圈的棉布，仔細地衡量著金起煥的身形，接著小心評估金起煥所能負荷的重量，把一塊又一塊砌成長條、砌得整齊的石塊綁到了金起煥的手上、腳上，還有腰上。

在完成裝備的瞬間，金起煥只覺得身體好沉好沉，沉得不像是自己的。

佐安指著村子後方的方向，像是在給金起煥打氣般地揚起笑，溫柔地鼓勵著：「起煥，去吧！」

可是金起煥卻有些猶豫、有些膽怯地看著佐安問：「妳……不陪我一起去嗎？」

「提爾訓練之所以困難，有一部分也是因為要獨立完成的緣故。」佐安堅定的眼睛彷彿透著光，驅趕著金起煥的不安與畏懼，「我相信就算沒有我，你也一定做得到！我會在這裡等你，等到你回來為止。」

因為相信了佐安的承諾，金起煥邁出了腳步。

金起煥在坑坑巴巴的隧道裡奔跑著，儘管雙腳都被石塊拖得抬不起來，在碎石子路上拐歪了好幾次腳，摔得鼻青臉腫，那也還是繼續向前跑著。出了隧道，則得倚賴重得幾乎舉不起來的雙手，抓著凹凸不平的山壁往上爬。

山壁的下方雖然有柔軟的沙子鋪底，但如果就這麼掉下去了，誰也無法真的保證能夠安然無恙，所以金起煥一刻也不敢大意，只能靠著手腳一把一把地撐著、挺著，奮力地爬上了十公尺左右的山崖。

在山崖的頂端，有一條銜接村子的斜坡，因為是下坡，所以用走的很快就可以下山了，但從現在開始，金起煥必須要用青蛙跳的方式通過這條路。他把雙手握在頸後，憑著腿力一次又一次地跳躍前進，幾次還因為雙腳發軟，讓他失去了重心，沿著長坡往下滾了好幾圈，可是他也沒有抱怨，只是咬著牙立刻爬了起來，重新調整好姿勢，再次往前。

下了坡道，在進入村子前，還得先經過一大片的荒原。這裡的土地貧瘠，長年無法耕作、無法鑿地，目前只能先這樣擱置，再加上除非是工作上的必要，否則很少會有人來這裡，所以附近也沒有什麼可以遮陽休息，或者是取水的地方。

狂風挾帶沙塵不停地掠過，不但劃開了金起煥的皮膚，留下了傷口，甚至還貪心地把那些滲出來的血液全都帶走了。金起煥垂著手臂、拖著腳步，彷彿下一秒就會輸給這一身的重量，狠狠地跌趴在地上，但是他忍住了，縱然口乾舌燥、疲憊不堪，他還是靠著意志走下去了。

等到金起煥回到佐安身邊的時候，天已經黑了，村子裡除了幾戶人家還亮著燈，能夠勉強為他指路以外，這一路上，什麼都沒有。可是站在家門前的佐安，卻為他堆起了木頭，用熊熊燃燒的營火，迎接他的歸來，因為佐安知道，金起煥怕黑。

其實金起煥經過這一連串的折磨，早就已經累到連自己怕黑的事都忘了，但在看到營火燃起的光明之後，還是不自覺地掉下了眼淚。他用盡全力，把就快要碎裂的身體送到了佐安面前，然後在佐安張開雙手的同時，跌進了佐安的懷裡。

佐安用雙手撐住了昏睡過去的金起煥，輕聲地說：「辛苦了，起煥。」

第二天，金起煥的身上除了石塊，還多了一層扒不開的痠痛與疲勞感，他的一舉一動都能引發連鎖效應，讓各個部位的肌肉彼此拉扯，不停地觸動著他的神經。

不過金起煥並沒有太過在意，頂多會在覺得難受或沉重的時候，多做幾個深呼吸緩和而已。因為他沒有忘記選擇提爾訓練的原因是什麼，無論如何，他都不想在那片海面前，被無情的船難反覆地衝撞，不想再看著那片海流淚了。

日出日落、黑夜白晝，這樣的日子過了一天又一天，正確的時間沒有被記錄下來，金起煥也沒有察覺。唯一讓他回過神，感覺到的變化，是那些綁在身上的石塊，好像已經不那麼沉了，還有提爾訓練的流程，他居然能趕在天黑之前做完一輪了。

這天，金起煥回到佐安家，看到佐安正帶著微笑、張開雙手在等他。雖然佐安一直以來可能都是用這種樣貌等著他回家，但他卻是第一次看清楚佐安臉上的表情，也是第一次感受到從佐安身上流露出來的關心，還有看見他平安回來的安心。

金起煥笑了，從苦難中活過來的他，距離重生，只剩下最後一步了。

❋ ❋ ❋

金起煥每天依舊在天亮之前整裝，等待曙光乍現，就立刻出門去做提爾訓練，但今天不太一樣，佐安在他出門前攔下了他，並且遞上了一套西裝，要他換上。

天亮之後，佐安領著金起煥前往了某個地方，一整路，都不見佐安開口說過半句話。金起煥不明白這一身西裝是什麼意思，也不知道佐安的目的地是哪裡，莫名地沉默迎來了心裡的忐忑，可是他沒有迴避，現在的他最不需要的東西，就是逃避。

走了一段路之後，佐安停下來了，金起煥也跟著停下，只是他的眼神飄移，不停地左顧右盼打探著，因為他不知道這裡是哪裡，印象中村子裡好像沒有這樣的地方，但它又確實存在於村子之中。他把目光放回到人群的身上，見他們一個一個全都向著前方，低著頭、閉上眼睛，不知道為了什麼東西正在認真地祈禱。

場面看起來非常地嚴肅，可是放眼望去，就只有金起煥一個人穿著正式的西裝。雖然金起煥的打扮看起來很適合這樣的場合，不過和人群相比，卻又顯得有些誇張、格格不入了。

金起煥小心翼翼地穿過人群，想知道人們聚集的原因，但當他來到最前方的時候，卻被眼前的景象嚇得動彈不得。那是一場葬禮，在向下深深挖掘的坑洞中，放著一副還沒蓋上的棺材，而棺材裡躺著一個金起煥非常熟悉的人……

是他自己。

佐安悄悄地來到了金起煥的身邊，她看著金起煥，問著：「起煥，該想起來的事情，你都已經想起來了，那麼現在，你準備好要做決定了嗎？」

「做……做什麼決定？」金起煥的驚嚇還沒緩解，有些不知所措。

佐安把視線放在那個棺材裡的金起煥身上，然後一一說明著：「我曾經告訴過你，這個地方叫『網』，你應該還記得吧？這張『網』，將會依照你的意願，成為對你來說，意義完全不同的東西。如果你選擇了『往前』，那麼它就是在你最困難、最痛苦的時候，接住你的『網』；如果你選擇了『往回』，那麼它就會把你的困難和痛苦集結起來，變成讓你無法逃脫、困住你的『網』。

「起煥，你要明白，重生的過程需要一點時間，也需要準備一些你可能曾經失去過的東西，你之所以會來到『網』，就是為了得到這些。大地之母給了你閃閃發亮的希望，還有只要抱在懷裡，就有無限感動和喜悅的夢想；勇氣的擁有，本來就要靠自己，而且本來就不容易，雖然你的出發點是想要逃避過去，但你在逃避的路上，也不曾放棄追逐坦然面對的力量，於是你，終於得到了勇氣。現在，你有了希望、夢想，還有勇氣，但還缺少放下和愛，我可以給你所有你需要的一切，但獨獨這兩樣，必須靠你的真心。」佐安握住了金起煥的手腕，他的手正因為不安而握起了拳頭，「你願不願意鬆開你的手，放下緊緊抓住的過去，然後用發自內心的愛，去祝福那些身在遠方，你所牽掛的人？」

「……這種事，我做得到嗎？」金起煥的聲音在顫抖，充滿了不確定。

佐安輕輕地點頭，肯定而堅信地說：「只要你願意，就做得到。如果你有辦法在擁有這些之後，獲得重生的話，那你也要相信，那些在遠方、讓你牽掛的人，也可以從某件事、某個人、某個地方得到力量，再次重生。他們會比你想像得更堅強、更勇敢，就像我所看見的金起煥，不也是一個為了能讓一切好轉，付出所有心力、如此努力的人嗎？所以你不用擔心，你希望的、期盼的那些事，總有一天，全都會好起來的！」

「那我現在……該做什麼呢？」金起煥知道他會這麼問，絕大部分是因為認同了佐安的說法，可是心裡還是有些看不透、無法理解的迷網，讓他沒有辦法真的放開。

「放下過去。」佐安稍稍往旁邊退了一步，像是讓開了路，把向前邁步的權力給了金起煥一樣，「將你所有的傷痛都留在這裡吧，只有這樣，你才能真的往前走。」

金起煥雖然面露猶豫，但還是靠近了棺材。他在眾人的幫助下，替棺材中的自己蓋上了棺蓋，然後把稍早前，為了挖坑而掘出的土方，全部填回到坑裡，直到把那個大坑填平，再也看不見棺材為止。

葬禮到這裡就結束了，只是在人們紛紛散去之後，金起煥還是佇立在原地，盯著那片埋著自己的土地發呆。他在思考，既然「過去」就這麼埋好了，那麼他，已經算是放下了嗎？從他還能感覺到一股鬱悶堵在心上的情況看來……

似乎，還差了那麼一點。

缺少的是什麼，金起煥不是很清楚，不過他知道，除了那「一點」以外，其它的感受，都是很明朗鮮明的，或許這也是提爾訓練對他所造成的影響。

那些過於強烈和充滿磨難的鍛鍊，在反覆地承擔、接納中，不但讓金起煥的精神和心靈變得更堅韌，還漸漸地修復、填補了船難在他心中留下的創傷，甚至以現在的心境，也已經可以坦然地去面對那片一直走不出去的大海了。

沙塵揚起，起風了。

金起煥不經意地循著風吹來的方向望去，這一望，竟被看似平凡的天空震懾了。一直以來他都知道自己是活在這片天空之下，但直到真正將它納入眼中的時候才發現，那遼闊無邊、沒有盡頭，不斷地向著遙遠的遠方延伸而去的天空，不僅僅是存在於他的眼前而已……

所有人，都是活在這片天空之下，就算不再見面，那也依然能夠仰望同樣的天空，吹著同樣的風，看著同樣的曙光。

這樣的思想，包覆著金起煥，將他的心拼湊完全了。

金起煥忽然奔起了腳步，匆匆回到了佐安家。他隨手攤開了一張羊皮紙，用樹枝沾著顏料，在上頭寫下了幾個字，然後把羊皮紙小心地捲起，用細繩綁好，最後裝入一個確定不會被海水滲透、密封的罐子裡。

接著，金起煥帶著罐子，向著沙灘一路狂奔。就算通過了小徑，一雙腳已經紮紮實實地踩在沙地上了，那也沒有見他想要停下來，或者是減速的意思，他只是向著大海一直跑、一直跑，不斷地在沙灘上留下一個又一個清晰可見的腳印。

金起煥衝破了拍打到岸上的浪花，在海水深度莫約淹到腰際的地方，使出了全身的力量，奮力地把手上那個裝有羊皮紙的罐子遠遠地扔了出去，在同個瞬間，他的背上也長出了一雙巨大、純白的翅膀。

用一張笑臉，看著洋流帶走罐子的金起煥，終於重生了。

第十四章

你的位置

朴佑熙一如往常在金起煥下課後的晚餐時間，煮了一桌金起煥愛吃的菜，並為他準備了一副碗筷，替他添了飯菜、舀了湯，和金俊南三個人一起吃飯。在用完餐之後，朴佑熙更是打開了冰箱，拿了一罐金起煥喜歡的飲料放在桌上。

趁著金俊南收拾餐桌的時候，朴佑熙也到陽台上把洗好晾乾的衣服都收進來，一一摺好。她先是拿著一疊衣服，放到了她和金俊南的房間裡，然後又回到客廳，拿起了另外一疊衣服，走進了金起煥的房間。

打開金起煥的衣櫃，裡頭一件一件，全都是朴佑熙每天輪流清洗、輪流摺過的衣服。朴佑熙把手上那疊衣服仔細地放好，然後思考著明天該拿出來清洗的衣服，確定好了之後，才放心地關上了衣櫃。只是在關上衣櫃的那一刻，她的一顆心又變得沉重了，因為今天該做的事、能為金起煥做的事，都已經做完了。

朴佑熙伸手輕輕撫過刷成粉藍色的牆壁，小心翼翼地向著房間內走去。她的每一個步伐，都是如此地零碎緩慢，因為她深怕會錯過任何一個細節，甚至，會錯過瀰漫在空氣中，曾被金起煥呼吸過的每一口氧氣。

單人床上鋪著整齊的枕頭和棉被，這套印著黑色的圓點，鮮黃色系的床套組，是金起煥自己選的，因為那是他最喜歡的顏色，也是看在朴佑熙眼裡，和他的性格最相似的顏色。

一旁的掛勾掛著金起煥的制服，上頭別著金起煥的名牌，口袋裡放著金起煥的學生證。朴佑熙覺得金起煥穿制服的樣子很好看，尤其是在繫上領帶之後，看起來又更成熟、更帥氣，讓她有一種兒子成長了不少的感覺。

一把吉他倚在那個幾乎和天花板差不多高的五層書櫃邊，那是金起煥升上高中之後的興趣。他說會彈吉他的男生看起來很帥，他也想要變得很帥，所以想學吉他，至於那個五層書櫃裡，則是放著各式各樣的書籍，還有金起煥其它的喜好。

從底下算來的第一、第二層，有著種類不一、成套的課外讀物，或者是學習需要的教科書和參考書；位於中心，好拿又方便的第三、四層，塞滿了金起煥最喜歡的漫畫書；最高的第五層則是放著畫冊、筆記本，還有一雙小巧可愛、有著卡通圖案的藍色小鞋子。

那是金俊南在金起煥第一天來到這個世界的時候，替他買的第一雙鞋子。縱然抱在懷裡的金起煥看起來是這麼地小，但金俊南已經迫不及待想帶著他到處去玩，迫不及待想看著他在這個世界，自在奔跑的模樣了。

朴佑熙坐到了金起煥平常用來讀書、寫作業的書桌前，先是看看滿桌子在校外旅行的前一天，金起煥因為懶得收拾而四散的文具和雜物，接著看看金起煥用來裝飾，擺放得整齊的公仔玩具，最後視線落到了放在邊邊、正反覆播放照片的電子相框上。

電子相框裡的照片都是金起煥親自選的，一張張都是他和朋友出遊嬉鬧、和家人親密依偎的合照，不難猜想他有多麼地珍惜這些人。不過現在從那些照片中，朴佑熙能看見的，就只有金起煥的樣子。

眼淚，在這個僅能聽見朴佑熙呼吸聲的空間中，悄悄地滑出了眼眶。

什麼都還在不是嗎？第一雙鞋、親自挑選的床套、喜歡的漫畫書、喜歡的公仔玩具、裝滿照片的電子相框，還有每天都會用到的床鋪、書桌、書櫃，朴佑熙什麼都沒動，什麼都完完整整地替金起煥保留下來了，但為什麼，孩子還是不回來呢？

朴佑熙稍稍轉動了椅子，牆上那張擁有強烈的存在感、搶奪視線的照片就這樣映入了她的眼裡。那是金起煥的學生照，刻意放得很大很大的學生照，除此之外，圍繞在學生照旁的，還有大大小小數十個相框，裡頭全都裝著金起煥的照片。

那樣的佈置，出自於朴佑熙之手，雖然這有著朴佑熙對金起煥的印象只能滯留於此，因為她再也等不到金起煥長大的悲傷含意，可是種種行動卻又顯示著，她隨時都在等著迎接金起煥回家……

現下，朴佑熙能給金起煥的，就是「絕對不會忘記他」，這樣的約定。

其實保有孩子的習慣、留下孩子的房間，不僅僅只有金俊南和朴佑熙這麼做，很多罹難者家屬也都這麼做了。因為他們捨不得更動孩子的東西，隨時都歡迎孩子回家，隨時都等待著也許哪天，孩子會突然打開家門，開心地說一聲：「我回來了！」

那些父親與母親們，在環視過孩子的房間之後，一一說出了自己的想法：

「即使知道我身處在自己的國家，但當外國記者向我拍照採訪的時候，我覺得我就像個外星人。我強烈地抗議，因為我想知道事故發生的真正原因，更想知道為什麼船員們全都獲救了，但我的孩子卻沒有？」

「因為大人的錯誤，孩子就這麼去世了。這起意外反應了我們社會的問題，雖然為時已晚，但我們應該盡力避免類似的災難，並且建立珍視生命的價值觀。孩子們在出事的時候沒有抱怨社會，他們努力地挽救彼此的生命、掛念遠方的家人，我們難道不應該學習他們在生命最後一刻所展現的勇氣嗎？」

「春天來了，到處開滿鮮花，但我無法再次微笑，因為這個世界已經不再是我所認識的模樣了。」

「我希望國家能讓我們有安全感，也希望我的孩子能有對國家感到驕傲、自豪的想法，但這種想法，在這些日子裡，連我都已經做不到了。大人有義務保護孩子們，我真心希望這個國家的孩子們，都能順利成長並帶領國家走向正途。」

「我真的很想念，也覺得很對不起兒子，那些在最後一刻還能冷靜道別的孩子，表現得比我們都還要好。我對這個國家的信心，隨著兒子一起死去了，如果兒子不反對的話，我想移民。」

「我心裡唯一的念頭就是找到我的女兒，在找到之前我絕對不會放棄！這些日子以來，每天都像是悲劇發生的那一天，在孩子離開之後，曾經發生過的每件小事都變成了我最珍貴的記憶。我以為過平凡的日子最容易，現在才知道那有多困難。」

「我再也無法用同樣的眼光看待國家。以前我總是會為國家祝福禱告，但意外發生之後，我做不到，再也做不到！」

「人們說在國外看到自己國家的國旗會流淚，不過對我來說，我已經不喜歡我的國家了。這個國家拋棄了我們，所以我也拋棄了我的國家，但為了那些孩子，我認為我們必須找出真相！」

「每個孩子都是漂亮、彌足珍貴的，並且擁有自己的夢想。他們可能會成為這個國家的總統、部長，或者是著名的藝術家，失去他們是我們國家重大的損失。」

有些孩子曾經向父母透露過自己的夢想，在未來，他們希望可以當一名老師、醫生、牧師、畫家、國際救援人員、空服員、汽車設計師……他們充滿愛、充滿熱情，有著一顆對國家與人們奉獻的心，但國家和人們卻在他們最困難的時候，鬆開了那雙援助的手。

除了父母。

只有父母會替心愛的孩子留下位置，絕對不會忘記，也絕對不會拋棄他們。

❋ ❋ ❋

祈敦號船難一週年、兩週年就這麼過去了，對朴佑熙來說，這些流逝的時間推遠了船難、消散了輿論、淡去了記憶，甚至還削弱了生還者和家屬們所得到的支持與力量，卻獨獨沒有癒合殘留在她身上的傷口……

朴佑熙的心理狀態比想像的還要糟糕，她總是覺得不管到哪裡，人們都是用憐憫同情的目光看她，也總是覺得所有人都拋棄、背叛了她，已經沒有人可以或者是值得她去相信了。

但無情的不僅僅是時間，就連生活也是，它們不允許任何人停下。

金俊南雖然也有著和朴佑熙一樣的感受與煎熬，可是在朴佑熙無力工作的情況下，為了維持家計，為了成為朴佑熙最堅強有力的依靠，他不得不回到工作崗位上。不過他也儘量壓縮了工作的份量和時間，畢竟對他來說，最重要的還是他的妻子和兒子。

除了公司以外，其它的地方，金俊南都會和朴佑熙一起去，而去的地方和做的事，多半都和之前差不多。他們會去明川居廣場，一起大聲地喊著口號，請求民眾的連署；他們會去郡島，四處打探、尋找金起煥的下落；他們會去利達港，搭乘漁船出海回到事故地點；他們會去別的國家，在和郡島海域的洋流為同一個系統的海灘邊，耐心地等候。

這些都是朴佑熙堅持的，因為失去金起煥的她，彷彿失去了全世界，如果不一直為了金起煥做點什麼的話，她就會覺得自己活得沒有意義。縱然她的心裡也很清楚金俊南曾經跟她說過，要為了金起煥打起精神、努力微笑的那些話，但經過了這些日子，她還是做不到。

在沉默的晚餐上，金俊南瞥了一旁空蕩的座位，和沒人使用的碗筷一眼之後，就放下了手上筷子。他抿著笑，溫柔地看著坐在對面的朴佑熙，盡可能表現得輕鬆愉悅，「佑熙啊，明天我們出去走走吧！去一個跟這些人、這些事都沒有關係的地方，好好地放下，好好地走走吧！」

聽了金俊南的話，朴佑熙忍不住一愣。她垂下頭，略顯失落地問：「放下？你放得下嗎？」

「放不下，但為了妳，我一定要放下。」金俊南深深地吸了口氣，那口氣充斥著他滿滿的無奈和感傷，可是他望著朴佑熙的眼神，卻依舊溫暖，「佑熙妳知道嗎？政府和社會有多無賴，對我們有多無情，我都可以忽視，因為現在對我來說最優先，也最必須要保住的人，是妳。我害怕每天一睜開眼，就看見妳失魂落魄的樣子；我害怕妳明明就在我身邊，卻痛苦得像是快要死去的樣子；我害怕我拉不住一蹶不振的妳，會讓妳在我的面前倒下。所以為了妳、為了起煥，也為了我自己，我一定要帶著妳離開這個被悲傷和絕望圍繞的地方，因為我不能讓妳一直處在這種環境下，然後眼睜睜地看著妳變成空殼、活不下去。一天！就一天！跟我一起去別的地方走走，跟我一起試著放下，好嗎？」

朴佑熙輕輕地晃著腦袋，失神地說：「我不去，除非能見到起煥，不然我哪裡都不去。」她對上了金俊南的視線，突然迫切地抓住了金俊南的手，激動地說：「一次！就這麼一次！哪怕只要再讓我見到起煥一次就好！一次就好！拜託……我真的、真的好想他……」

看著朴佑熙邊說邊哽咽，最後還崩潰得大哭，金俊南其實也很想哭，但他咬著牙、忍著眼淚，一雙手反過來握住了朴佑熙的手，「佑熙啊、佑熙啊！妳聽我說，起煥他不是還有很多想去，但是還沒去的地方嗎？我們替他去吧！親自去看看那些他想去的地方，回來之後，再告訴他吧！」

「……碌、碌山島。」這是朴佑熙腦中，第一個閃過的念頭，「起煥一直很期待校外旅行，一直很想去碌山島……」

金俊南立刻點頭附和：「好！那我們就去碌山島！」

只是真的到了碌山島之後，朴佑熙卻什麼景色都看不見，什麼美好都記不住。碌山島的風撫過了她的身體，本該是一身涼爽，但這陣風卻在她的心裡滯留盤旋，讓她的心冷得發顫。

海岸線、浪花，橘子園、綠茶香，有關於這裡的一切，原本都應該要染上金起煥的笑聲，跟著他的記憶一起回到家中，透過他興奮、開心的情緒，轉達給朴佑熙知道的。可是沒有，朴佑熙只能用自己的眼睛看著、聽著這些金起煥再也看不到、聽不到的東西。

如果沒有那場船難，如果沒有那場船難的話……

儘管在朴佑熙身上流轉的哀愁還是很強烈，儘管朴佑熙會來到這裡，純粹是因為金起煥，但可以真的把她從仁德帶到碌山島來，對金俊南來說，已經是充滿感激的事了。

只要肯踏出那一步，那就表示至少，朴佑熙還是願意走向遠方，還是願意望向遠方，還是願意擁抱希望。有了這一步，就等於有了無限的可能性，痊癒的那一天，一定會到來的。

海浪和著海風奔向了沙灘，在岸邊打起了一朵又一朵的白花，在被海洋包圍的碌山島，這裡、那裡，到處都看得到這種景象。在金俊南的鼓勵和支持下，朴佑熙脫下了鞋子，赤腳踩上了沙灘，留下一個又一個清晰可見的腳印，向著大海走去。

拍打在岸上的浪花淹沒了朴佑熙的雙腳，從腳底竄起的感覺太過冰涼，讓朴佑熙瞪大雙眼，像受到驚嚇般，狠狠地噎了一口氣。她正在想像金起煥長時間浸泡在這麼冰冷的海水裡，會有什麼感受？可是越想，就越心慌，她無法想像，也不敢想像，反正，她就是捨不得金起煥……

就在豆大的淚珠準備奪眶而出的時候，一波浪潮襲來、退去，把一個密封的罐子留在了朴佑熙的腳邊。朴佑熙的情緒被這個莫名的罐子暫時緩住了，她撿起了罐子，打開，發現裡頭有一張少見的羊皮紙。

原本朴佑熙是想先把在附近的金俊南叫到身邊來，再一起打開那張羊皮紙，可是那張羊皮紙卻像是在呼喚她一樣，讓她耐不住好奇，急著解開了上頭的繩子。

裡頭的文字映入朴佑熙眼中的瞬間，朴佑熙整個人跪倒在地，哭得不能自已。她不停地向著大海喊著：「起煥啊！你已經到碌山島了嗎？有好好地玩吧！你知道爸爸和媽媽要來了，所以一直在等我們嗎？」

金俊南被朴佑熙突來的舉動嚇到，立刻飛奔到她的身邊，想問看看發生了什麼事，但她只是看著大海又哭又笑，怎麼樣也無法回答金俊南的話。

眼前的情況讓金俊南有點慌張，因為這大概是他兩年多來，第一次看到朴佑熙露出這種，帶著解脫、釋懷的笑。他趕緊拿過朴佑熙手上的那張羊皮紙，在攤開的那一刻，明白了朴佑熙的心情，因為他也和朴佑熙一樣，用笑著的嘴角，迎接了從眼角流出來的淚水。

金俊南向著無邊無際的大海，奮力地吼著：「起煥啊！我們知道了！你就不用擔心了！」

羊皮紙上用顏料寫著：

我們的孩子犧牲了，但我們會繼續為了真相、為了這個國家的安全、為了更多的孩子而戰。

Please don't forget our children.

後記　存在的意義

這個故事為了事故而生，懷抱著無盡希望被傳達出去的意念，而不僅僅是眼睛所能看見的文字，隱藏在那之下的訊息，也都有各自必須存在的意義。

初到小島的孩子沒有任何的記憶，島上的生活也很單純、沒有紛爭，這全都意味著一切皆為新生、歸於零。在這裡，不受語言障礙的影響，也沒有人際關係的隔閡，有的只有最原始的純粹和天真。

小島名為「網」，網的本意除了有接住和困住的意思之外，又與「往」同音。它給予孩子對於接下來的人生，「往前」或者是「往後」的選擇權，讓孩子即便是身在遠方，也依然能憑自己的感受和意志，為自己做出選擇，依然能不受拘束，擁有無限的自由。

至於孩子在網中遇到的人物，也各自扮演著重要的角色。

比方說像是佐安，將名字反過來便讀作Angel，為天使之意。在設定上非東方人也非西方人，還擁有著特殊膚色和夢幻髮型，如此地虛幻不實，全都因為她是個只存在於理想世界的天使；又比方說威旬，為英文中的Wish，有希望之意。發亮的礦屑之所以會附著在他的身上，不會掉落，是因為它代表著閃閃發亮、永遠散發著光芒的希望。

初生的柚美則以日文發音為Yume，意味著夢想。將柚美抱在懷中，便能感覺到無限的喜悅與感動，是因為人們對於懷抱夢想，並努力實現夢想的這件事充滿了期待；其母親蓋婭女士，正確的寫法為Gaia，是在希臘神話中創造原始神祇和宇宙萬物的大地之母。於是，她也為金起煥創造了希望和夢想，在這條重生的路上，鋪滿了無盡的美好。

而金起煥在最後所接受的提爾訓練，其中的提爾為北歐神話中的——Tyr。他是個象徵勇氣和英雄的戰神，只有經歷一切的苦難，在巨大的痛苦中生存下來，才可以真正贏得勝利、迎來曙光。

當然，也還有一些其它細微的訊息埋藏在故事之中。

在「第三章　溫柔的網」中，佐安曾經說過：「在這樣的夜裡吹著海風，實在是太冷了」，是在告訴金起煥，家屬們在利達港等待的情況。而文末提到的：「這一晚真的好好地睡了」，則是反映了在利達港，為了孩子徹夜難眠的家屬。

還有，在「第十一章　為愛翱翔」中，金起煥身上因為綁著石塊而感覺到的沉重感，其實是在說明著，孩子正為事故所困，心裡所承載的負荷也是如此地沉重。孩子的重生並不容易，但能夠鼓起勇氣重生，一定也是希望牽掛的人能夠安好。

願您安好。

二〇一七年四月　柳煙穗

參考資料

資料名稱　世越號沉沒事故
作者與團隊　維基百科
來源　https://goo.gl/c2LME7
說明　事故發生的時間，事件的順序，期間的重大進展，以及相關的統計數據。

資料名稱　獨立特派員——世越號週年報導
作者與團隊　公共電視
來源　https://goo.gl/KhSvzx
說明　包含〈傾斜的船〉、〈荒謬救援〉、〈不可挽救〉中，世越號船難發生的過程、救援的細節，以及對生還者／罹難者家屬的部分採訪。

資料名稱	BBC特寫：韓國「世越號」生還者的創傷、【首爾想想】世越號船難不為人知的生還者處境
作者與團隊	楊虔豪
來源	https://goo.gl/yQmTCC https://goo.gl/9pa0oO
説明	〈拒絕接受〉中，生還者家長代表接受採訪的報導。

資料名稱	永遠等你回來！世越號罹難者家屬不捨更動臥房擺設
作者與團隊	Kim Hong-Ji
來源	https://goo.gl/M1uJwJ
説明	〈你的位置〉中，罹難者父母對保留孩子的房間發表的想法。

資料名稱	「看見哥哥們了嗎」…世上最悲傷的演唱會
作者與團隊	Channel A 徐煥含（音譯）、cocoburuni（報導翻譯）
來源	https://goo.gl/bVMySD
說明	〈遵守約定〉中，安家小女兒——安世娜的故事，改編於此。

語言文學類　PG1807　SHOW小說18

記得歲月

作　　者／柳煙穗
責任編輯／洪仕翰
圖文排版／周妤靜
封面設計／葉力安

發 行 人／宋政坤
法律顧問／毛國樑　律師
出版發行／秀威資訊科技股份有限公司
114台北市內湖區瑞光路76巷65號1樓
電話：+886-2-2796-3638　傳真：+886-2-2796-1377
http://www.showwe.com.tw
劃撥帳號／19563868　戶名：秀威資訊科技股份有限公司
讀者服務信箱：service@showwe.com.tw
展售門市／國家書店（松江門市）
104台北市中山區松江路209號1樓
電話：+886-2-2518-0207　傳真：+886-2-2518-0778
網路訂購／秀威網路書店：http://www.bodbooks.com.tw
國家網路書店：http://www.govbooks.com.tw

2017年8月　BOD一版
定價：240元

The Style of Notes in the Reference was Designed by Freepik.

國家圖書館出版品預行編目

記得歲月 / 柳煙穗著. -- 一版. -- 臺北
市 : 秀威資訊科技, 2017.08
面；　公分
ISBN 978-986-326-437-8(平裝)

857.7　　　　　　106008823

讀者回函卡

感謝您購買本書，為提升服務品質，請填妥以下資料，將讀者回函卡直接寄回或傳真本公司，收到您的寶貴意見後，我們會收藏記錄及檢討，謝謝！
如您需要了解本公司最新出版書目、購書優惠或企劃活動，歡迎您上網查詢或下載相關資料：http:// www.showwe.com.tw

您購買的書名：________________________________

出生日期：________年________月________日

學歷：□高中（含）以下　□大專　□研究所（含）以上

職業：□製造業　□金融業　□資訊業　□軍警　□傳播業　□自由業
　　　□服務業　□公務員　□教職　□學生　□家管　□其它_____

購書地點：□網路書店　□實體書店　□書展　□郵購　□贈閱　□其他

您從何得知本書的消息？

□網路書店　□實體書店　□網路搜尋　□電子報　□書訊　□雜誌
□傳播媒體　□親友推薦　□網站推薦　□部落格　□其他__________

您對本書的評價：（請填代號　1.非常滿意　2.滿意　3.尚可　4.再改進）

封面設計____　版面編排____　內容____　文／譯筆____　價格____

讀完書後您覺得：

□很有收穫　□有收穫　□收穫不多　□沒收穫

對我們的建議：________________________________

____

____

____

請貼
郵票

11466
台北市內湖區瑞光路 76 巷 65 號 1 樓
秀威資訊科技股份有限公司 收
BOD 數位出版事業部

（請沿線對折寄回，謝謝！）

姓　　名：＿＿＿＿＿＿＿＿　年齡：＿＿＿＿　性別：□女　□男

郵遞區號：□□□□□

地　　址：＿＿＿＿＿＿＿＿＿＿＿＿＿＿＿＿

聯絡電話：(日)＿＿＿＿＿＿＿＿　(夜)＿＿＿＿＿＿＿＿

E-mail：＿＿＿＿＿＿＿＿＿＿＿＿＿＿＿＿